紫式部

愛の自立

光源氏・道長を栄光に導く

石村きみ子

国書刊行会

はじめに

紫式部と言えば世界最古の長編物語『源氏物語《げんじものがたり》』の作者であり、藤原道長は「摂関政治《せっかんせいじ》」の絶頂期を築いた平安時代の最高権力者で、光源氏は『源氏物語』の中の完全無欠な才能に加えて光輝く美しいヒーロー、これが一千年後の今に伝わる三人の人物像である。

三人とも同時代に活躍したことはおぼろげながら知ってはいても横のつながりまではあまり分かっていない。

三者三様の生い立ちから掘り起こしてみると、光源氏は架空の人物ながらもいつの間にか三人が絡み合って平安時代の最盛期を作り上げていく様子は、歴史物語にサスペンスを加味したように面白い。

この三者のつながり、絡み合いに迫ると紫式部の作家としての厳しい目線だけではなく、男社会での矛盾にあえぐ女性としての気持ちが交錯する。それを読み解くには紫式部、道長の日記の中にヒントがあり大いに参考になる。

平安時代は「日記」の文化でもある。

官製の暦「具注暦《ぐちゅうれき》」が天皇、中宮、親王、高級貴族に配られ各自自分の子孫に伝えたい儀式、行事などを暦に付加する。

具注暦は漢文で書かれ、付加したものも当時の男性の公用文である漢文で記述されている。著名なものでは『宇多天皇御記《うだてんのうぎょき》』（宇多天皇）。『御堂関白記《みどうかんぱくき》』（藤原道長）、『小右記《しょうゆうき》』（藤原実資《さねすけ》）、『権記《ごんき》』（藤原行成《ゆきなり》）など多くの公卿《くぎょう》（公家《くげ》＝朝廷に仕える貴族＝の中でも国政を担う最高幹部）の日記が伝わっている。

中でも『御堂関白記』は道長自筆が伝存し、三十三歳から五十六歳まで具注暦の余白、はては裏にまで政治、行事に加えて時には私生活についての記述もある。公卿の自筆の日記として現存では最古のもので国宝となっている。

また、女性のものは仮名で書かれているため喜怒哀楽など繊細な心の有りようを記しやすい。『紫式部日記《むらさきしきぶにっき》』（紫式部）、『和泉式部日記《いずみしきぶにっき》』（和泉式部）、『蜻蛉日記《かげろうにっき》』（藤原道綱母《みちつなのはは》）、随筆文学でもあるが女房日記ともいえる『枕草子《まくらのそうし》』（清少納言《せいしょうなごん》）、『更級日記《さらしなにっき》』（菅原孝標女《すがわらのたかすえのむすめ》）など多彩な才女の日記の書写されたものが伝わっている。

女性の日記には恋愛には自由であった時代と言われているが、一面、忍従の時代でもあり恋の悩み、愛の哀しみも散見している。

紫式部にしても男性依存の生活からの自立、愛の自立を願っても不毛な愛に身をゆだねざるを得ないこともあったようで、一千年後の今でも女性の心はあまり変わらず共感をもてることも多い。

こうした日記を読み解き『源氏物語』も織り交ぜ、三人に絞って平安時代の幾筋かの道をオムニバス風に綴ってみたい。

一千年前なのに、現代の日本の政治、行事、文化の源泉に触れることも多い。

「日記」の中には多くの和歌が詠み込まれており、平安時代は「和歌」の時代でもある。『新古今和歌集《しんこきんわかしゅう》』の序には、和歌は美しい景色を愛で賞賛する心、愉快なことなど様々を詠うことに加えて「代ををさめ、民をやはらげる道なり」(国を治め、人々の心をなごませて平安をもたらす方法としてきた)と、和歌の政治的な効用も説いている。

漢詩は博識の文化人たちが論調を主張するが、和歌は天皇から民衆まで幅広く遊宴などで詠じて楽しむ。恋もまず和歌を届けるところから始まる。

天皇や上皇の命による勅撰集《ちょくせんしゅう》が『古今和歌集《こきんわかしゅう》』を始め多く編纂されたのも平安時代である。

紫式部は優れた歌人として個人の歌集『紫式部集』が編まれ、さらに光源氏や女君たちの歌としても『源氏物語』の全編に数多くの歌が詠まれている。

道長は政治家、最高権力者としての卓越した才能が伝わるが、歌人としても有名で『御堂関白集』の個人歌集の他に、勅撰和歌集に四十三種も入っている。

紫式部、光源氏、道長三人の和歌には現代に通じる心意気や気持ちが読み取れるとともに平安時代らしさが感じられ、三人の親密な関係も窺い知ることができる。

結婚の形態は現代とは相違するが、平安時代前期は結婚しても夫が妻を訪ねる「妻問婚《つまどいこん》」が主流であり、中期になると夫が妻の家に同居する「婿入婚《むこいりこん》」に変化していくと言われているがまだ不明なことも多く現代とのズレを感じつつもしばし平安時代に身をゆだねて読み進んでいただきたい。

紫式部の呼称であるが当時の女性は皇女かトップクラスの貴族の娘でなければ名前は残されていない。

宮仕えをした場合には父、夫、兄などの官職名を付けて呼ばれていた。宮仕えとは宮廷で天皇や后に仕えることで、女性は「女房《にょうぼう》」と呼ばれている。房とは部屋の意味で、個室を与えられて仕える高位の女官が女房である。現在では女房は妻、家内の意であるが、平安時代の女房は、宮廷か高級貴族に出仕するサラリーマン、役人で、上位はキャリアウーマンといったところである。

紫式部の父は、花山《かざん》天皇の代に式部の丞《じょう》に任ぜられている。

それにより彼女は藤《ふじの》式部と呼ばれていたようであるが、のちに『源氏物語』にちなみ紫式部と呼ばれたので、本書では紫式部に統一した。

藤原道長をはじめ、登場人物の多くが藤原姓なので、初出や混乱しそうな場面以外は藤原姓を省略している。

原文や書き下し分を紹介し分かりやすい訳も添えたので、心模様を充分に味わっていただきたい。

引用文は縦ケイ線の間に太文字で挿入し、和歌、会話、地の文それぞれから本書の意図に合う部分を引用しているため、文末の句読点を省略して読みやすくした所はご了解いただきたい。引用書によって仮名遣いや、送り仮名が異なる場合もあるが、引用書の記述に従った。

なお和歌は引用書によって一行であったり、二行、三行に書かれているが、本書では文字遣いはそのままにしてすべて一行で統一したこともご了承いただきたい。

巻頭に、紫式部・藤原道長の家系図、『源氏物語』五十四帖の帖名、巻末に紫式部、道長の年表を付加した。

年代の不明なもの、諸説あるものも多いが、多くの資料、文献から本書に最適と思うものを選んで制作した。ご参考にして本書を楽しんでいただければ幸いである。

紫式部　愛の自立　光源氏・道長を栄光に導く

目次

紫式部と道長は遠縁だった!

紫式部・藤原道長家系図

（本書に関係のある部分を抜粋で作成　■は主要登場人物）

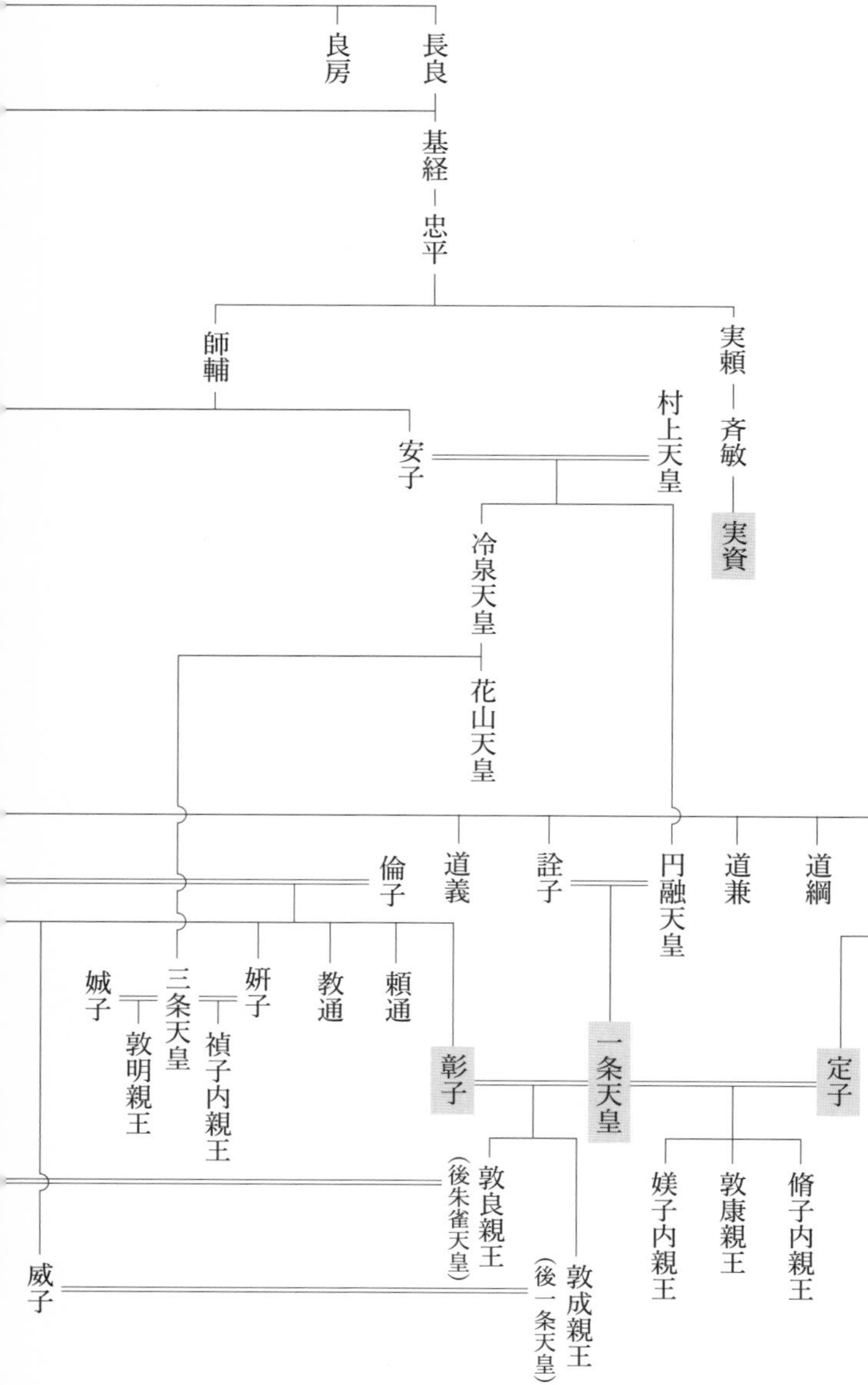

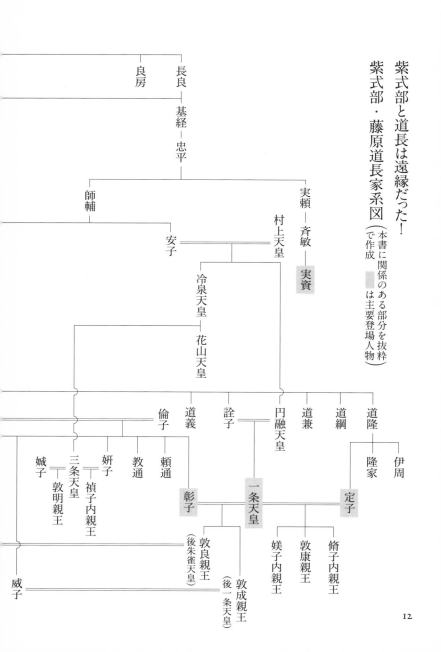

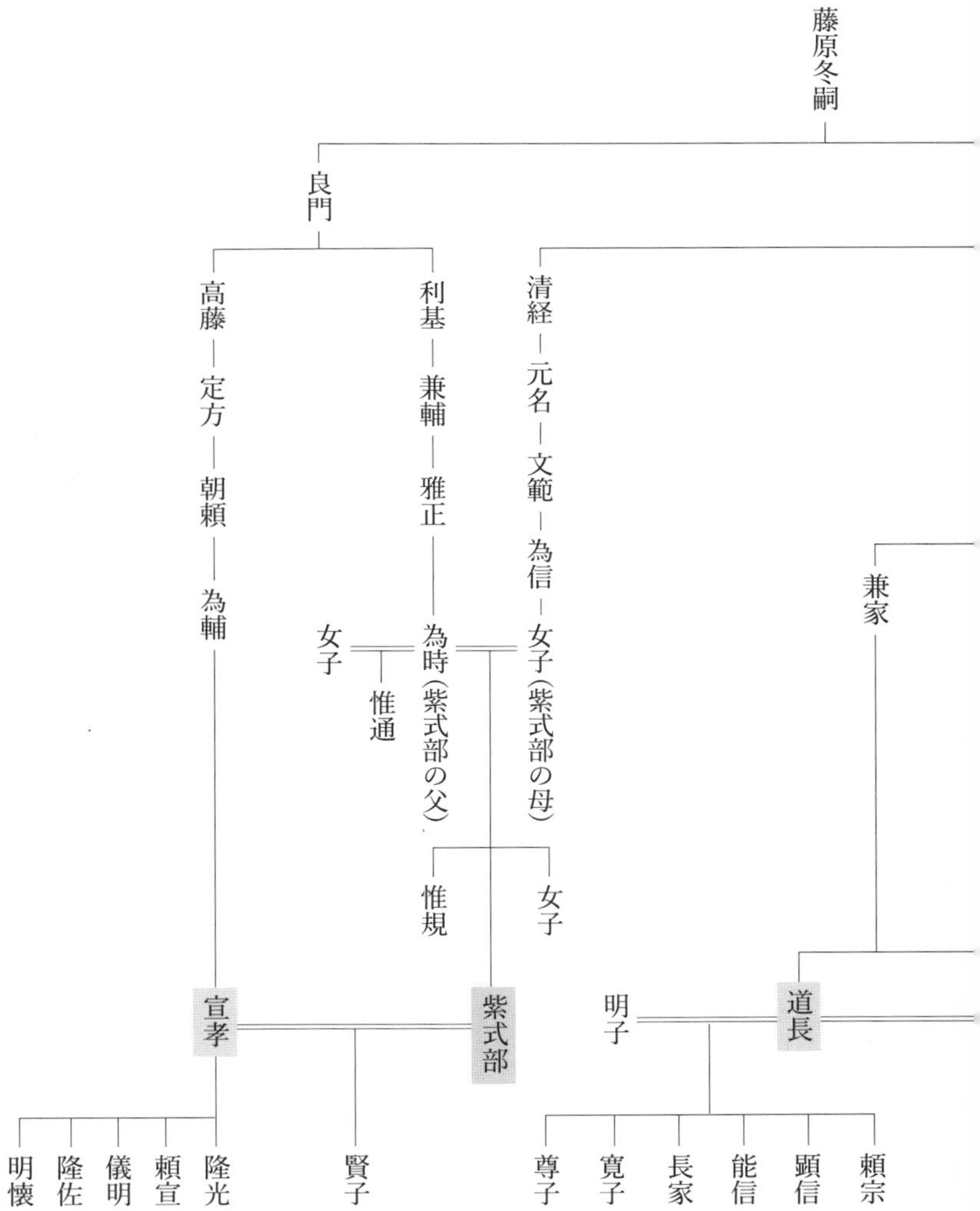
藤原冬嗣
良門
高藤
定方
朝頼
為輔
利基
兼輔
雅正
為時（紫式部の父）
女子
惟通
清経
元名
文範
為信
女子（紫式部の母）
惟規
女子
宣孝
紫式部
明懐
隆佐
儀明
頼宣
隆光
賢子
兼家
道長
明子
尊子
寛子
長家
能信
顕信
頼宗

紫式部・藤原道長家系図

『源氏物語』五十四帖と光源氏の年齢、登場人物

帖	光源氏の年齢	主な登場人物
〔第一部〕		
桐壺《きりつぼ》	誕生から十二歳	桐壺帝《きりつぼてい》　桐壺更衣《きりつぼのこうい》　弘徽殿女御《こきでんのにょうご》　藤壺《ふじつぼ》
帚木《ははきぎ》	十七歳	葵《あおい》の上《うえ》　頭《とう》の中将《ちゅうじょう》
空蟬《うつせみ》	十七歳	空蟬《うつせみ》
夕顔《ゆうがお》	十七歳	六条御息所《ろくじょうのみやすどころ》　夕顔《ゆうがお》
若紫《わかむらさき》	十八歳	幼少の紫《むらさき》の上《うえ》　藤壺
末摘花《すえつむはな》	十八〜十九歳	末摘花《すえつむはな》
紅葉賀《もみじのが》	十八〜十九歳	頭の中将　桐壺帝　藤壺
花宴《はなのえん》	二十歳	朧月夜《おぼろづきよ》
葵《あおい》	二十二〜二十三歳	六条御息所　葵の上　紫の上

賢木《さかき》	二十三〜二十五歳	六条御息所　藤壺　朧月夜
花散里《はなちるさと》	二十五歳	花散里《はなちるさと》
須磨《すま》	二十六〜二十七歳	紫の上　明石《あかし》の入道《にゅうどう》　頭の中将
明石《あかし》	二十七〜二十八歳	故桐壺院　明石の入道　明石《あかし》の君《きみ》
澪標《みおつくし》	二十八〜二十九歳	明石の君　六条御息所　紫の上
蓬生《よもぎう》	二十八〜二十九歳	末摘花
関屋《せきや》	二十九歳	空蝉
絵合《えあわせ》	三十一歳	冷泉帝《れいぜいてい》　梅壺《うめつぼ》　頭の中将
松風《まつかぜ》	三十一歳	明石の君　紫の上　明石《あかし》の尼君《あまぎみ》
薄雲《うすぐも》	三十一〜三十二歳	明石の君　藤壺　冷泉帝
朝顔《あさがお》	三十二歳	朝顔《あさがお》の君《きみ》　紫の上
乙女《おとめ》	三十三〜三十五歳	夕霧《ゆうぎり》　雲居《くもい》の雁《かり》　大宮《おおみや》
玉鬘《たまかずら》	三十五歳	玉鬘《たまかずら》　花散里　紫の上
初音《はつね》	三十六歳	紫の上　明石《あかし》の姫君《ひめぎみ》　夕霧

帖	光源氏の年齢	主な登場人物
胡蝶《こちょう》	三十六歳	玉鬘　秋好中宮《あきこのむちゅうぐう》　髭黒大将《ひげくろのたいしょう》
蛍《ほたる》	三十六歳	玉鬘　蛍兵部卿宮《ほたるひょうぶきょうのみや》　花散里
常夏《とこなつ》	三十六歳	夕霧　玉鬘　雲居の雁　近江《おうみ》の君《きみ》
篝火《かがりび》	三十六歳	玉鬘　夕霧　柏木《かしわぎ》
野分《のわき》	三十六歳	秋好中宮　紫の上　夕霧　玉鬘
行幸《みゆき》	三十六～三十七歳	冷泉帝　玉鬘　大宮　頭の中将
藤袴《ふじばかま》	三十七歳	玉鬘　夕霧　髭黒大将
真木柱《まきばしら》	三十七～三十八歳	髭黒大将　玉鬘　真木柱《まきばしら》
梅枝《うめがえ》	三十九歳	明石の姫君　夕霧　雲居の雁
藤裏葉《ふじのうらは》	三十九歳	夕霧　雲居の雁　明石の姫君
〔第二部〕		
若菜《わかな》　上	三十九～四十一歳	朱雀院《すざくいん》　女三《おんなさん》の宮《みや》　柏木

若菜《わかな》 下	四十一～四十七歳	柏木 女三の宮 紫の上
柏木《かしわぎ》	四十八歳	柏木 女三の宮 朱雀院
横笛《よこぶえ》	四十九歳	頭の中将 夕霧 落葉《おちば》の宮《みや》
鈴虫《すずむし》	五十歳	女三の尼宮 冷泉院 秋好中宮
夕霧《ゆうぎり》	五十歳	夕霧 落葉の宮 雲居の雁
御法《みのり》	五十一歳	紫の上 明石中宮《あかしのちゅうぐう》 匂宮《におうのみや》 夕霧
幻《まぼろし》	五十二歳	匂宮 女三の尼宮 明石の君
雲隠《くもかくれ》		
〔第三部〕		
匂宮《におうのみや》		匂宮 薫君《かおるぎみ》 夕霧
紅梅《こうばい》		按察使大納言《あぜちのだいなごん》 真木柱 匂宮
竹河《たけかわ》		夕霧 玉鬘 薫君
橋姫《はしひめ》		八《はち》の宮《みや》 薫君 弁《べん》の君《きみ》
椎本《しいがもと》		匂宮 薫君 大君《おおいぎみ》 中《なか》の君《きみ》

総角《あげまき》		薫君　大君　匂宮
早蕨《さわらび》		中の君　薫君　匂宮
宿木《やどりぎ》		薫君　中の君　匂宮　六《ろく》の君《きみ》　女二《おんなに》の宮《みや》
東屋《あずまや》		薫君　浮舟《うきふね》　匂宮
浮舟《うきふね》		浮舟　匂宮　薫君
蜻蛉《かげろう》		匂宮　薫君　女一《おんないち》の宮《みや》　女二の宮
手習《てならい》		横川《よかわ》の僧都《そうず》　浮舟　薫君
夢浮橋《ゆめのうきはし》		薫君　浮舟　横川の僧都

序

プロローグ

紫式部の筆力が語る、道長の栄華への幕開け

寛弘《かんこう》五年（一〇〇八年）九月十一日の昼に左大臣藤原道長の長女彰子《しょうし》中宮《ちゅうぐう》が一条《いちじょう》天皇の皇子を出産する。

彰子が入内《じゅだい》して九年目の出産とあって、道長の喜びは大変なものであった。

出産を控えて七月十六日から彰子中宮は道長の邸土御門殿《つちみかどどの》に退出し、女房（宮廷で働く女性）の紫式部も従っている。

紫式部の記した『紫式部日記《むらさきしきぶにっき》』は、出産が近付いた秋の気配の土御門殿の様子から始まる。入内してから九年もの長きに亘って待たれた懐妊であったから、安産を願って館では昼夜間断なく読経《どきょう》や祈禱《きとう》が行われ、僧正が二十人の伴僧を連れて加持に来邸する足音が寝殿の渡り廊下をとどろとどろと踏み鳴らし、屋敷内が日常とは異なった緊張感に満ちてくる様子が書き記されている。

上達部《かんだちめ》（上級の役人）、殿上人《てんじょうびと》（天皇の住居清涼殿に上がることを許された者）、女房など館に泊まるべき人も入れ替わり訪れてざわざわしている。

彰子中宮は出産が近付くにつれ、体調や気分が悩ましいこともあるのに、近くに伺候する女房たちのとりとめもない話をさりげない風に聞かれている。

その陶然とした姿、態度はあまりにも立派で、この世は憂きものと常に思っている自分でも厭わしいことを忘れてしまうほどである。

と二か月あまりの日々を細かく記述している。

そして出産当日の日記を引用してみよう。

午《うま》の時に、空晴れて朝日さし出でたるここちす。たひらかにおはしますうれしさのたぐひもなきに、男にさへおはしましけるよろこび、いかがはなのめならむ。

（昼の時刻ご出産、空が晴れて朝日が出て光が射したような心地がする。安産というだけでもうれしいのに、男皇子であったとはなお一層喜びが重なってどうして尋常な気持ちでいられましょうか）『紫式部日記』

道長の喜びもひとしおで、ここ数か月来読経や祈禱を行った僧たちには布施《ふせ》を、薬師《くすし》や陰陽《おんみょう》師《じ》には禄を賜って安産の効験をねぎらっている。

御湯殿《みゆどの》の儀式、生後三日、五日、七日、九日目と続く産養《うぶやしない》の行事は、親戚、知人が集まって祝宴が行われるが、道長の威光が感じられる。どの儀式も、紫式部は単に通過儀礼を記すだけではなく、人々の様子も細やかに描き、個人的な日記というよりは、公文書として、後の世にも彰子中宮が男皇子を出産し、道長が今までのどの皇子よりも立派に執り行ったかを伝えているかのようである。

道長が、出産前後の記述を、紫式部に、日記に書き留めて置くように依頼し、紫式部も快諾した様子。

道長の日記『御堂関白記《みどうかんぱくき》』にも出産のことは記されているが、紫式部が彰子中宮の出産における見事なたたずまいなどの様子は女目線で繊細に記され、また公文書以上の確かな記述には作家目線が筆力にいかんなく発揮されている。

ところで紫式部は女房として仕えた彰子中宮の出産を間近に付き添って、立派な態度に感嘆しきりではあるが、道長からの宮中への出仕を決意したあの日の道長に対して、心の奥底で誓った思い、いや約束か決意が、「今日実りましたね」と言いたかった。

道長は忙しく、祝いに訪れる客に追われ、紫式部と私語を交わす時間は少なかったが、紫式部は頼まれた出産の記録を人々の感情までも行間から溢れるように丁寧に書き取りつつ、道長の背にしっかりと語り掛けていた。道長と共に喜べるうれしさを。

道長の孫が東宮、天皇になる日に向けて外戚としての一歩を踏み出したその日は、紫式部もその流れに乗った日である。

日記に書かれた

「空晴れて朝日さし出でたるここちす」

はまさに紫式部の心象風景であった。

1

紫式部の憂い多き恋と結婚

紫式部の正確な生没年月日は不詳で諸説あるが、天延《てんえん》元年（九七三年）頃に生まれ、長和《ちょうわ》三年（一〇一四年）四十二歳頃出家し、のちに亡くなったらしいと言うことである。

父親は藤原為時《ふじわらのためとき》で、道長ら摂関家と同じ藤原北家の出である。が、道長ら摂関家は良房《よしふさ》系で長良《ながよし》（良房兄）―基経《もとつね》―忠平《ただひら》―師輔《もろすけ》―兼家《かねいえ》―道長と続きその兄弟も要職にあったものが多く藤原家の主流であり、平安時代を支えていると言っても良い家系である。

一方、為時の方は祖先は良房の弟良門《よしかど》で良門―利基《としもと》―兼輔《かねすけ》―雅正《まさただ》―為時と続く。

道長の家系を見れば、太政大臣《だいじょう》を始め摂関《せっかん》、大臣と政事の中枢が並びオールスターの華やかさである。

為時の家系は北家の分れとはいえ、地味な人物ばかりでおよそ藤原家とも思えない。大臣などはおろか為時の祖父兼輔が公卿（公家の中での最高幹部）であった以外は受領《ずりょう》（現在の県知事にあたる）階級止まりで、中流貴族である。

が、兼輔がこの家系に他とは異なる文事に対して、大いなる力量を発揮したのである。

ことに和歌の才に恵まれ、時の宇多《うだ》天皇に気に入られたことは大きく、勅撰集（天皇や上皇の命により編纂された歌集）には四十五首も収められたり『兼輔集』も物し、三十六歌仙の一人でもある。

京極賀茂の河畔の邸宅は賀茂川の水を引き入れ四季の花々が咲き乱れたことから「堤《つつみ》中納言」と呼ばれた。

公卿となって、北家の本流とは違った文事風流な家系として世に知られ、平安の歌人として今にも伝わる紀貫之《きのつらゆき》、大江千里《おおえのちさと》、凡河内躬恒《おおしこうちのみつね》、坂上是則《さかのうえのこれのり》らと和歌を通して風雅な交流をしていた。

息子の雅正も父兼輔の交流を受け継いでいったが、雅正の長男為頼は、摂津・丹波・陸奥の国守を勤めつつ歌人としての才に優れ、『拾遺集』以下勅撰集に十一首入り、兼輔の築いた文事風流の道を貫いている。

雅正の三男が為時である。

家系の血筋であろうか、為時も文才に優れ花山《かざん》天皇より三十八歳という遅まきながら式部《しきぶの》丞《じょう》・蔵人《くろうど》に補任される。

それ以前に藤原為信《ためのぶ》の娘と結婚し、翌年に長女その後に次女、さらに二年後に長男惟規《のぶのり》が生まれている。

次女が紫式部である。

三児を生んだあとすぐに紫式部の母は亡くなってしまう。

『紫式部日記』には幼少時の思い出話に父は出てくるが母の話はない。三～四歳で母を亡くし母の思い出はなかったようだ。

花山天皇時代には陽の当たる場所にいた為時であったが、寛和《かんわ》二年の道兼による天皇を欺き出家、退位させるという件にともなって、為時も官職を失う。

和歌に優れ、文事に誉れ高い家柄と言っても、失職したものには世情は冷たかった。

不遇の中、救いを学問に求め子供たちに漢学や和歌を教え、紫式部の漢詩の覚えの早いことに、彼女が男だったらなぁと嘆いてもいる。千年以上昔でも世界的に著名な作家はやはり「栴檀《せんだん》は双葉より芳し」であった。

当時、漢学の素養は男の出世に必要不可欠であったが女には不要とされていたことで、為時は惜しいと嘆いたのだ。

為時の不遇は長く十年にも及ぶ。

長徳《ちょうとく》二年正月、一条天皇の時代に王朝は移っていた。

為時は十年もの浪人生活を経て、淡路守に任じられた。

大いに喜ぶはずが、何と為時は任地に不満だと天皇に申し文を奉る。


苦学《くがく》の寒夜《かんや》。紅涙《こうるい》襟《えり》を霑《うるお》す。除目《じもく》の後朝《こうちょう》。蒼天《そうてん》眼《まなこ》に在《あ》り。

（夜の寒さに耐えて学問に励んだのに念願の官職ではなく、失望のあまり目から血の涙が流れ落ち、着物の衿を赤く染めた。しかし翌朝人事の修正で希望がかない真っ青な空を仰ぐようにさわやかな心になりたいものだ）『今昔物語』

天皇の人事の決定に物申すなど有り得ないどころか、下手をすれば懲罰物に成りかねないところである。

ところが一条天皇は、為時の漢詩の見事さに感嘆し、先の決定を悔いている。その様子を道長が察し、身内に決定していた越前守を入れ替えて改めて為時を任じた。

このことは秀抜な詩句によって人事が改変されたものと、世間でも評判であった。

この一件を、紫式部は最も身近で見ていたわけで、十年もの長きに亘っての浪人生活の脱出の人事であったのに、任地が下位であり希望の国でないことに拗ねて悲憤慷慨《ひふんこうがい》し何と天皇に直訴する父親を見てどのような気持ちでいたのだろうか。

やっと国守になれるはずが、直訴などという暴挙によってすべてが水の泡となるばかりか、世間では悪意に満ちた噂が流れないものでもない、と父親を諫め説得したかもしれない。

妻を子供たちが幼い頃に亡くした為時は、愛人、妻子もいたが家に後妻として引き入れることはなかった。

子供たちに自ら得意の漢学や詩歌を教え、乳母や使用人の手を借りて家庭を守っている。

為時の家庭を大切にする気持ちは子供たちに伝わって仲の良い一家であった。

それだけに今回の出来事に紫式部はどんなにか胸を痛めたことだろう。

もっとも為時が憤慨した国守としての任地の差は直訴したくなるほど大きいものであったのだろうか。

『延喜式《えんぎしき》』（平安時代に編纂された法典）に定められている十世紀ごろの各国の等級がある。

大国―十四ヵ国　　上国―三十五ヵ国
中国―十一ヵ国　　下国―十ヵ国
に区分される。

等級は、課丁《かてい》（課役を負担する成人の男子）、貢賦《こうふ》（貢物や租税）などが豊かな順と考えられる。大国、上国へ任官ともなると、任期は六年であるから、帰京する頃には一財産貯めこむ国守が多いと言われていた。

為時が任命された淡路守は下国であった。十年浪人生活を強いられた上、やっと任官がきまったのが下国とは、と理性を失い、子供たちや親族への見栄、さらには世間の見る目などがちらついたのかもしれない。

紫式部は父の怒りをもっともだと理解はしても、直訴は懲罰かと覚悟をしただろう。

淡路は京に近いし都人の憧れである海に囲まれた島、一生の内に一度は見てみたい地ではないか、と父をなだめたかもしれない。

が為時は漢詩を物して直訴してしまった。

それが、秀抜の詩に免じて、何と大国の越前の国に任官替えとなった。

一条天皇の気持ちを汲んで実務は道長が行った、という事を紫式部が知るのに時間は掛からなかった。

父の納得顔か得意顔をみる喜びにも増して、一条天皇にはむろん、道長に対しては涙が出るほど感謝した。

紫式部の胸に道長の像が大きく刻まれた出来事であった。

この年、長徳二年晩秋、紫式部は任地替えが叶って、元気を取り戻した父為時の越前国守赴任に伴って越前に旅立つ。

平安時代の旅、さらに女の旅は今では想像し難いほど大変ではなかったか、と思われるが、何でも見てやろう精神で、好奇心いっぱいの紫式部であった。

為時の任期は六年であったが、赴任の二年後に、紫式部に藤原宣孝《のぶたか》との結婚が整い父より先に一人で帰京し、晩秋頃に結婚する。

宣孝は為時とは京の頃からの知り合いで、紫式部とは十五〜六歳差があり京にいる時には縁談に乗り気ではなかった。それが越前での生活で徐々に孤独を感じたり、すでに二十代半ばを過ぎた年齢ということもあって結婚に傾いたのかもしれない。

当時の成人式は男子は十五歳位で元服《げんぷく》、女子は十三歳位で裳着《もぎ》の儀式を済ませると結婚が出来る。実際にも男子は二十歳未満、女子は十五、六歳の結婚が普通であった。

宣孝には妻や愛人、子供もいたが、紫式部の文学の素養を愛《め》でて気の利いた歌のやりとりを楽しんでいた。京の時には色よい返事がなかったが宣孝は根気よく越前にも手紙を出し、春になったら越前まで会いに行くよ、と言った手紙を送っている。

が春になっても宣孝は来なかった。
紫式部が宣孝に送った歌

年かへりて、「唐人《からひと》見に行かむ」といひたりける人の、「春は解くるものといかで知らせたてまつらむ」といひたるに

春なれど白嶺《しらね》のみゆきいやつもり解くべきほどのいつとなきかな

（新年になったら、「越前に移した唐人を見物かたがたお伺いしたい」とおっしゃっていましたよね

春になると氷さえもうち解けてくるものだ、ということを思っているあなたですね）『紫式部集』

行く行く、と言いながら越前に来ない宣孝に対して、こちらが打ち解けるなんて勝手に思わないでと紫式部が反発している。

宣孝は、いつまでも強情を張らないで、といなしてもいる。

が紫式部は京の都の生活が恋しくもあり、粘り強く中年の大人の気配りの行き届いた宣孝に心

を許していく。

宣孝が紫式部の文学、和歌の素養を認め、尊敬を込めた愛情は当時の男性には稀有なことで、彼のウィットに富んだ会話や和歌のセンスによって紫式部は結婚に踏み切る決心をしたのだろう。

長徳四年の春、一人で京に戻る。

為時と行った往路とは逆に琵琶湖畔から舟で南下し春雪の残った伊吹山を見て、磯浜を経て打《うち》出浜《ではま》に上陸して都に戻った。

復路で景色を見つつ詠んだ歌には、心細かった越前での生活から見ればこれからの結婚生活に希望や夢を抱いている思いがこもっている。

決して若い娘のようにうきうきした華やかな新婚生活を期待しているようでもなく、宣孝にも時にずけずけした言い回しをしているが、やはりやっと落ち着ける居場所を見つけた安堵感もある。

磯の浜に　鶴の声々に鳴くを

磯がくれおなじ心にたづぞ鳴くなが思ひ出づる人やたれぞも

（磯の浜の物陰で、私の心と同じように切なそうに鳴いている鶴たちよ、誰を思って鳴いているのか）『紫式部集』

華やかでもないが、紫式部らしい自然の風景に細やかな感覚を詠み込んで、いつもよりも明るく歌い上げているのは京に戻れる喜びと、やはり少々斜に構えたようでいても結婚する楽しみに心は弾んでいる。

この夏宣孝は山城守に任ぜられ、晩秋に紫式部と結婚する。

山城の国は畿内《きない》を形成する五国の一つで、『延喜式』では上国とされている。都の周辺での任官であり上国であるから、紫式部にしてみればありがたい任命であったろう。実質的にも気持ちの上でも安定した新婚生活で、父為時同様に宣孝は知識人、教養人で紫式部の文学的、学問的に話が合って充分に満たされた時期であった。

その頃の京の都は天変地異に、内裏焼失、疫病流行と都人が不安や恐怖に怯える事象が続き、宣孝も神前告知を命じられたり、平野臨時祭の勅使に立ったりと出仕に多忙な日々を送っている。

長保《ちょうほ》元年に入って、紫式部は女児を出産する。

「賢子《けんし》」と名付けたのは、紫式部の希望であろうか、女でも学問にはげみ、己の血筋と宣孝双方の歌人の血統を受け継いで賢く育って欲しいとの望みが込められている。

宣孝は今までの妻や愛人にはない、打てば響く紫式部に面白く丁々発止の歌のやり取りを楽しみ、本気で恋文を贈り、辛抱強く求婚し続け越前から呼び戻しての結婚であったが、紫式部の根の強さがそうそう変わるわけではなく、妻にしてみたらその手ごわさを持て余し気味になる。

宣孝は任務にも重宝がられ、大宰府に敵国襲来の怖れがあるとのことで、豊前国宇佐神宮《ぶぜんのくにうさじんぐう》（現在の福岡県）の奉幣使《ほうへいし》（天皇の命により神前に幣《ぬさ》を奉る使者）に任ぜられている。

天皇に拝謁、禄を賜って拝舞して退出したとの記録が『権記《ごんき》』（藤原行成《ゆきなり》が政務運営などを記した日記）に残されているように、多忙である。

若くもないだけに重用されればありがたく任務に励んだであろう。

九州からの帰路であろうか、筑紫からは左大臣である道長に二頭の馬を贈り、気を配っている様子が窺える。

任務に関してはおさおさ怠りなく励んでいるが、紫式部の元には間遠《まどお》になっていく。

和歌のやりとりなど結婚してからも互いに気の利いた詠み合いで、遅い結婚ながら充分に幸せな日々だった。

が、宣孝の任務が多忙となったことから、出産後くらいからだろうか、宣孝の足が遠のきはじめたのは。

宣孝から

うちしのび嘆きあかせばしののめのほがらかにだに夢を見ぬかな

（あなたに逢えずに人知れず溜息をついている内に夜が明けてしまった。なつかしいあなたの夢さえみることができなかった）『紫式部集』

と間遠になったことの言い訳めいた文をよこす。

しののめの空霧りわたりいつしかと秋のけしきに世はなりにけり

（夜明けの空にも霧が立ち込めて、いつの間にかもう秋の景色になってしまいました。あなたは、私にもう飽きてしまわれたようですね）『紫式部集』

このような歌を贈る紫式部を宣孝は、案外他の妻や愛人たちと変わらないな、と思ったのではないだろうか。

紫式部は自身が、まさか世の妻たちが夫の訪れを心待ちにし、夜離《よが》れを嘆く惨めな様に自分が

不実な夫の文に紫式部は落ち込む

陥るとは、考えても見なかった。

自分の持つ卓越した教養、歌の見事さを認め、尊敬の思いも込めての愛情と思っていたのに、この結婚は何だったのだろうか。

宣孝がよこす文にいちいち盾突くような返し文をしてしまう自分が情けないが、父はまだ赴任先であり仲良しだった姉が亡くなってしまい、母の姿は幼い時に早逝しているので思い描くことも出来ない。

紫式部にはこの惨めな思いを打ち明ける者も見当たらず、悶々として一人哀しく辛く、底の見えない深い思いに落ち込んでいく。

娘の頃に読んだ藤原道綱母《みちつなのはは》の『蜻蛉日記《かげろうにっき》』を思い出す。

夫藤原兼家《かねいえ》との結婚生活を綴ったもので、道長の母でもあるもう一人の妻時子とのかなり激しい夫争奪戦を書き記したもので、なぜ男は本人の経済的な能力があれば幾人もの妻を持ってもよいのか、書き手の道綱母の嘆きに紫式部は強く共鳴したことを思い出す。

まさか自分が道綱母と同じ立場を味わうことになろうとは。

宣孝も紫式部の高い教養には一目置いているから歌のやりとりは楽しみでもあるようで時節に触れ詠んでは贈って来る。

七夕の夜には

おほかたを思へばゆゆし天の川今日の逢ふ瀬はうらやまれけり

（一年に一度しか逢えないという七夕の宿命は縁起でもないが、あなたに逢えない今日、七夕の逢瀬がうらやましい）

紫式部は

天の川逢ふ瀬を雲のよそに見て絶えぬちぎりし世々にあせずは

（天の川の逢瀬は雲の彼方のこと、私たちは今夜逢えなくてもあの世までも仲は続くでしょう。交わした契りが末永く変わらなければ）『紫式部集』

と七夕の夜らしく、人妻のけなげな愛らしさの溢れた句で返歌している。むろん、今夜来られないのは私への愛情が心変わりしていなければよいのだけれど、と不安も込めている。

紫式部からも秋の月を見れば歌を詠んで宣孝に贈る。

入るかたはさやかなりける月影をうはのそらにも待ちし宵かな

（日の入る方が分かっているようにあなたのお目当ては他の人と分っていたのに、私は今か今かと待ち続けていたなんて、ひどい）

紫式部としては心情を素直に吐露しているのに、宣孝の返歌

さして行く山の端《は》もみなかき曇り心の空に消えし月影

（お訪ねしようと思っても、あなたはご機嫌が悪そうで怖いから、途中で逃げ帰ってしまったのですよ）『紫式部集』

と真剣な紫式部の思いを茶化すようだ。

紫式部の夫を呼び求める気持ちや歌はぐんぐんエスカレートしていくと、ますます宣孝は気が重くなるようで、四十代後半か、当時としては老人の彼には夜訪ねて癒されるどころか緊張して疲労が増しそうで、足が遠のく。

おほかたの秋のあはれを思ひやれ月に心はあくがれぬとも

（よその方に心が惹かれていらっしゃるようですが、いつも悲しみに暮れている私のことも気に懸けて下さい。たとえお飽きになっていたとしても）『紫式部集』

とこの頃の歌は哀願調で宣孝に縋りつかんばかりに訴えている。プライドさえかなぐり捨てた歌が痛々しい。

すでに二人の仲は危機的状況にあったのか。

娘の賢子を見にも来ないことにも、このままでは私も生きていられそうにない、と嘆く。

この頃の京は疫病が流行し、晴れやかな平安の都がいつになく人々を不安に陥れていた。

多分この疫病に罹ってしまったのか、あの元気に任務をこなし、合間には紫式部が嫉妬に悩むほどに愛人たちの元に出掛けて、元来の派手好きな性分を老年になっても満喫していたはずの宣孝が亡くなった。

長保三年四月の下旬のことであった。

宣孝を求め、誘い、哀願し、果ては母子心中でもしそうなほどに悩み苦しんだ肝心の夫宣孝があまりにもあっけなく亡くなった。

たった三年余りの結婚生活であった。

あれほど悩んだ夫婦関係ではあったが、亡くなってみれば楽しかった恋人時代、丁々発止の歌のやりとりが面白かった新婚時代が懐かしく、つい昨日のことのように思い出す。

宣孝を求めながらも、来ぬ夜を嘆き、恨み、憎みさえしたが亡くなってみると身を切られたように寂しい。

宣孝を忍んで、朝顔や露に寄せて命のはかなさを嘆き悲しむ歌を詠っている。

任地から帰京した年老いた父、三歳の娘、寡婦の暮らしは頼りなげで世間の見る目も厳しい。

若竹のおひゆくすゑを祈るかなこの世をうしといとふものから
（若竹のような幼い我が子が無事に成長していきますように、と祈るような気持ちだ。自分はこの世を辛く生きにくいところだと、いとわしく思っているのだけれど）『紫式部集』

病気の娘の回復を祈願しつつもこれから先の展望が見えない。

そんな情けなく心細い日々の中で、数少ない友と、草紙や物語の貸し借りをしながら話すことが唯一の楽しみであった。

その当時は物語といっても、お伽噺《とぎばなし》や昔話のようなものしかなくて、紫式部にとって今の心境に寄り添ってくれる主人公の登場する物語などは皆無であった。

不安定な日々を紛らわすように和歌を詠み、書きつけている内に、お伽噺ではなく、主人公を立てた物語風なものを習作し、物語好きな友人たちも加筆したりして回覧した。

が、そんな小さな楽しみでは、寡婦となって病気になり、生活面でも精神的にも苦しい状況が好転することはなかった。

世にふるになどかひ沼のいけらじと思ひぞ沈むそこは知らねど

（生き続けて何の甲斐があるのかしら、「かい沼の池」に身を沈めたい、その池はどこにあるのでしょう、池の底はどのようなところなのでしょうか）『紫式部集』

と亡夫への追慕の情、生きづらさがひしひしと伝わる。

内向的な性格とは言え、孤独地獄に陥っている。

この頃の心境を、後に回想している文言が『紫式部日記』にあり、少し長いが、紫式部の苦難な道筋を心のどこかで客観視する向きもあり、引用してみたい。

年ごろ、つれづれにながめ明かし暮らしつつ、花鳥の色をも音をも、春秋にゆきかふ空のけしき、月の影、霜雪を見て、その時来にけりとばかり思ひ分きつつ、いかにやいかにとばかり、行くすゑの心ぼそさはやるかたなきものから、はかなき物語などにつけてうち語らふ人、おなじ心なるは、あはれに書きかはし、すこしけどほき、たよりどもをたづねてもいひけるを、ただこれをさまざまにあへしらひ、そぞろごとにつれづれをばなぐさめつつ、世にあるべき人かずとは思はずながら、さしあたりて、恥づかし、いみじと思ひ知るかたばかりのがれたりしを、（あの頃の数年は物思いに耽る日々で花鳥風月や四季の移り変わりを愛でて詠じてみても行く末の心細さに変わりはない。他愛のない物語を気の合う友とは手紙を出し合う。馴染みの薄い人にも伝手を求めて文通をして慰めとしてみる。世に価値ある者と思ってもいないが、当面恥ずかしい、辛いと思う事だけは避けてきたのだ）『紫式部日記』

と、未亡人になって、暇を持て余して自然に心を寄せて和歌を詠じたり、友と文通したりしても当座の慰めにはなっても心の憂さは積もるばかりの頃だった様子を思い出し、後に回想している。

この中に「すこしけどほき」とあるのは、近付きにくい人、あまり親しくも無い人とのことか、紫式部は社交的ではない、人付き合いがどうも上手くないと自分自身で常に認め、一生苦労しているようであるが、夫が亡くなって父も年老いて人の行き来が無く人恋しい時期だったのであろうか。

さして親しくもない知人に文通を求めても何ほども期待するような楽しみは得られず、なおのこと寂しさや憂さが増したのではないか、と察しられ不憫にすら感じる。

本人もその折りの自分の心情をいとおしく思っての回想に思える。

惨めな生活の中、始めは慰みに書き散らしていた物語風なものを書いている時の楽しさを知ると、当時の物語にはないストーリー性を持たせたものなども試し書きをして、友人たちに褒められていたのかもしれない。

自分はもう生きる望みも価値もないと思っていた生活に、「物語を作る力」がひょっとしたら潜在能力としてあったのかもしれないと気付く。

少女時代から父為時が、いやもっと前の兼輔の頃からの蔵書を読み漁った中には漢籍で覚えた六朝《りくちょう》（中国史上の三国時代）や唐時代の小説などもあった。

帝、お后を中心とした中国宮廷で織りなす話は少女には憧れとなってインプットされていたはずである。

充分過ぎるほどに書物も漢籍も小説も読んでいたが、読書が今の不幸な状況を変えるまでには至らなかった。

それが書き散らしであるにしても、物語として主人公、時代背景、場所などを設定していくことに没頭している時は、日常の憂さを忘れられる。

何かを産み出す喜びを得た。

創作という言葉がすぐにちらついた時代ではなかったが、「何か物語を書いてみよう、書きたい」

紫式部の体中から沸き上がった。

夫の死後、絶望していた「生」への希望を初めて取り戻し、それは誰かからの助けを借りた類のものではなく、今までに得た知識の蓄積を己の中で咀嚼し、新たに物語として形成していく。書き散らしたり、友人に回したりしていた物よりはもっと、もっと大きな空間に物語を広げたい。

唐時代の読み物にも見られなかった女の喜怒哀楽を、女が「ある、あるその気持ちわかる、わかる」

と夢中に読む物語を、自分なら書ける。

豊富な知識に加え、恋愛のときめき、結婚の喜び、夫の浮気、夫の愛人との闘い、ずたずたになった自尊心、夫にしがみつく女の惨めさ、でも夫に褒められた喜び、愛ある生活、子の出産、夫との死別――と経験したことで書きたいことも溢れ出てくる。

自分の中にこんなバイタリティーがあった事に本人も不思議な感覚だっただろう。

が、すぐに当時は大変に高価だった紙を広げて、紫式部は物語のプロットを練り始める。

可愛い盛りの娘の昼寝の横顔に久方ぶりに束の間とは言え、満ち足りた微笑みを向けた紫式部は我が創作の意欲に自信を持ち、幸せが身近にあるのを確信した一歩であった。

2

道長は転がり込んだ出世のさらに上を狙う

道長は康保《こうほう》三年（九六六年）藤原兼家《かねいえ》の五男として生まれる。平安遷都から百五十年以上を経てすでに遣唐使が廃止されていて国風文化に力がそそがれている頃である。

藤原氏としては奈良時代の公卿で政治家の藤原不比等《ふひと》の四子を祖とする南家《なんけ》、北家《ほっけ》、式家《しきけ》、京家《きょうけ》の四家による権力闘争が奈良時代から繰り広げられたが、八一〇年「平城太上天皇《へいぜいだいじょう》の変（薬子《くすこ》の変）」において式家が淘汰され、北家が藤原氏の主導権を握ることとなった。

藤原北家は内輪の争いに勝った勢いで対抗勢力を排除していく。「承和《じょうわ》の変」で橘《たちばな》氏、「応天門《おうてんもん》の変」で伴《とも》氏、さらに菅原道真《すがわらのみちざね》を大宰府に左遷する。九六九年には藤原氏が企てた疑獄事件「安和《あんな》の変」で左大臣源高明《みなもとのたかあきら》たちを流罪に処すと目ぼしい敵はいなくなり、摂政関白に藤原氏が就き、藤原氏全盛時代へ入って行く。

忠平《ただひら》―師輔《もろすけ》―兼家と続き北家の嫡流の一つである九条流として発展する。

師輔の長女安子は村上天皇の后となり繁栄の基礎を作る。

安子の弟兼家の五男として道長が生まれた時、兼家三十八歳、道隆十四歳、道兼六歳、異母兄道綱は十二歳である。

兼家は権謀術策に長け、円融《えんゆう》天皇に入内した娘詮子《せんし》の皇子を天皇に即位させるために花山《かざん》天皇を退位させる。

皇子は六歳で一条《いちじょう》天皇として即位。

兼家は幼い天皇を補佐する摂政の地位を手中にすると子息たちの昇進をも強引に推し進める。

長男の道隆は参議を経ずに権中納言に、さらに飛び越して内大臣に昇格していく。

道長も遅れず恩恵を受け権中納言から四人をごぼう抜きにして、異例の権大納言になっている。

道長は兼家の五男で、道隆とは十三歳の差があり、次男道綱、三男道兼、四男道義と上には充分な人材がいて、異例の権大納言への出世は周りも驚いた人事であった。

道隆にとって正暦《しょうりゃく》元年は人生の転換期となる。

長女の定子《ていし》が一条天皇の女御《にょうご》として入内する。

五月に摂政になったのも束の間七月に兼家が亡くなると道隆は急遽関白を継ぐ。

道隆は政治の最高峰に昇ると定子は女御から中宮となり平安中期の栄華を独り占めしたような栄光の道を歩み出す。

が、正暦元年から五年で長徳に変わり、その年の絶頂期に道隆は亡くなり、弟の道兼に関白の宣旨が下るも、五月にたった一か月で道兼も死去する、という前代未聞の惨事が、藤原北家を襲う。

北家の五男で、父兼家の策謀によって権大納言に任ぜられたことでも周りはもとより本人も驚き満足していた道長の人生に、道隆、道兼の兄二人が持病や疫病に罹って相次いで亡くなると、道長が北家の氏長者（氏の中の代表者）となって「内覧《ないらん》」という天皇に奉る文書を天皇よりも先に見るという大役の宣旨を受け、右大臣に任ぜられるという降って湧いたようなことが押し寄せる。

三十歳のことであった。

道長は五男ということもあり、父や道隆よりもおおらかな性格であったが、豪胆な言動で周りを驚かすエピソードが残されている。

兼家が息子たちにもう少ししっかりして欲しいと思い「藤原公任《きんとう》大納言は諸芸に優れ末頼もしく羨ましい、お前たちは大納言の影さえ踏めそうにないのは全く無念だ」と言ったところ道隆、

道兼は確かにそうだと困ったように一言も発しなかったが、道長は

「影をば踏まで、面《つら》をやは踏まぬ」

（影など踏まないが、顔なら踏んづけてやるさ）『大鏡《おおかがみ》』

と言い、若い時から気魄があり神仏のご加護も強いらしいと記述されている。

道長は自分にこのような運命が訪れるとは無論思ってもいなかったであろうが、若い時から結婚観にはまるで氏長者のような確たる思いを持っていたようである。

正妻はもちろん妻妾も、一級貴族の娘から娶ると決めていた。

二十二歳の時に左大臣 源《みなもとのまさざね》 雅信の娘倫子《りんし》を正室に、翌年権大納言に任ぜられた年に源《みなもとのたかあきら》 高明の娘明子《めいし》と結婚している。

道長は家督を継ぐ長男ではないから、左大臣、皇子などの超一級貴族の姫君との結婚を望むことは難しい。

事実源雅信は、倫子を后《きさき》がね（后の候補）にと思っていたので道長のような、先の確証もない五男との結婚には猛反対をしている。が、雅信の妻穆子《ぼくし》は道長を婿として推したのだ。

『栄花物語』（平安時代の歴史物語）に穆子の言葉が残っている。

「道長という男は祭礼や行事などで見るけれどもただならず見過ごせないものを感じる、私に任せて」

と雅信を説得する。

雅信には賜姓源氏《しせいげんじ》（天皇の子孫で臣籍に入って源氏姓を与えられた者）として、藤原よりは格上とのプライドがあった。

が穆子の後押しは強く、倫子は道長の正妻となる。

二十二歳の時の結婚から八年を経て、三十歳にして右大臣の地位が向こうからやって来た。

穆子の娘婿への見立ては的を射ていたことに驚く。

妾妻にも源氏姓から娶ったことが、道長が氏長者となり右大臣の地位ともなると、藤原と源氏の連合政事の実現となって、道長はより強い権力の掌握に向けて動き出す。

はやくも翌年には左大臣となり、朝廷の最高機関の政務の責任者となる。

本人はもとより誰も思っていなかった超特急の出世街道をひた走る道長であるが、この地位に昇りつめてみると、さらに上を目指したくなる。

道長は一条天皇の「外戚《がいせき》」という、己の努力や巡り合わせでは得難く、しかし天皇に娘を入内させ、皇子を産めば外祖父として摂政関白となり天皇家の権力をも掌握出来る立場になることに目標と熱意を傾け始める。

兄道隆も当然外戚の権力を求め、長女定子《ていし》を一条天皇の中宮に入内させている。

一条天皇と定子は相思相愛、ことに一条天皇の定子への想い入れは尋常とは思えないほどで、中宮の親が亡くなると実家の後ろ盾が無くなるが一条天皇は道隆が亡くなっても中宮のままで、手元から定子を離さなかった。

道隆も生前、蜜月の二人には惜しみない援助をし、一条天皇の文学、芸術嗜好に呼応するように、唐からの書物、絵画を後宮に備え、学識のある女房たちで定子の周りを固める。女房の筆頭は清少納言《せいしょうなごん》である。

定子の部屋は高等な趣味豊かなサロンとなり、一条天皇の大のお気に入りの場所となる。

定子が出仕したのが、正暦元年、道隆はその五年後に亡くなるが、生前に皇子を見ることが出来ず、渇望した外戚になることは叶わなかった。

道隆が外戚になれなかったことで、道隆家の隆盛が終わり、道長に政権の基盤が移っていくこととなる。

道長は道隆の無念さをその頃は自分とは関係のないこととしてさして気にも留めていなかった

であろうが、内覧の宣旨を受けるとさらに上の天井が見え、外戚となっての摂政の地位を獲得することが、道長が氏長者となった藤原北家の永続的な繁栄に結び付く道である、と納得する。道長の思いは長女彰子《しょうし》の上に注がれる。

正妻倫子との間に生まれ、八歳である。

定子の実家である道隆が亡くなって天皇の後ろ盾を引き受けるのは道長以外には考えられない世情となった。

さらに定子の兄道隆の長男伊周《これちか》が花山法皇と女性を巡っていさかいを起こす（長徳《ちょうとく》の変）。この件で失意した定子は出家する。

一条天皇と定子がいかに相思相愛であっても、後ろ盾のない、皇子もいない出家した定子が中宮でいることは貴族たちの批判の目が厳しい。

が一条天皇は出家しても定子を宮中から退出させないどころか手元から放すことすら耐え難い。貴族たちの反感も多くさすがに内裏に入れることは叶わず、内裏から離れた「職曹司《しきのぞうし》」（中宮職の庁舎）を仮御所として参内させる。

世間の批判を受けながらも一条天皇のもっとも居心地の良い場所であった。

定子は出家した年に内親王を、三年後に一条天皇の皇子敦康《あつやす》親王を出産する。

一条天皇の定子への寵愛は清少納言が著した『枕草子《まくらのそうし》』の全編から溢れ出ている。

道長が左大臣となってから三年、長保元年二月、彰子十二歳となり裳着《もぎ》の儀を行う。裳着は女子が成人したしるしに初めて裳の衣装を着て一族他に結婚間近であることを披露する儀式である。

道長が、大切な長女をいよいよ天皇に入内させる時が来ました、と公卿たちに大々的に知らしめている。

三十歳から書き始めた日記は常に公的な儀式の日程や、式次第など政治的な記述が多かったが、彰子の裳着の儀についてとても詳しく、道長の心意気を見ることが出来る。

『御堂関白記』長保元年二月小の記事は漢文で記されているが、左記のような文言である。

「九日　彰子の裳着の儀を行った。夜中に雨が降ったがすぐに晴れる。

東三条院より装束二具、太皇太后宮《たいこうたいごうぐう》より額髪《ひたいがみ》の飾り、中宮より香壺の箱一双、東宮より御馬一疋をそれぞれ給わる。

使者には白重ねの褂と一重袴を下賜した。申の刻＝午後四時頃＝の頃諸卿が来る。右大臣藤原顕光、内大臣藤原公季も到着する。」

真夜中の雨を気にしたものの晴れたことに喜びが感じられる。彰子に祝い品を贈ってくれた人物と、物品までも事細かに記し、大臣の到着もしっかり書き留めている。

道長にとって、三十歳で左大臣になって権力者としての自覚から記し始めた政治的な記録としてそれ以上でも以下でもなかった日記に個人的なことが記された彰子の裳着の儀はいよいよ上を目指す、入内への前触れとして、時期が来た喜びが溢れ出ている。

そしてその年の十一月一日に彰子は一条天皇に入内し、七日定子が敦康親王を出産したその日に女御となる。

道長の最高峰の権力把握のための満を持しての彰子の入内である。

彰子十二歳、一条天皇二十歳、定子中宮二十三歳、ちなみに道長三十四歳であった。

幼い彰子に、いかに道長が財力、権力に物を言わせて魅力的な後宮を作り出しても定子のサロンのようにはいかない。さらに翌年には中宮となる。

一条天皇は道隆亡き後、道長が最高権力者であるがゆえ、後援を得なければならないが、彰子とは夫婦とはいっても、趣味、芸術の話などには何も面白味を感じないからなかなか彰子の元への訪れは少ない。

その間、定子中宮は道隆が亡くなって後ろ盾も無く、出家したのに宮中に残り世間の批判を浴びても、次々と一条天皇との間に内親王、敦康親王が生まれている。

順番からすれば、敦康親王が皇太子となるであろう。

道長の政治姿勢の長所と言われる一つに焦らず時を待つことが成功への鍵であったようであるが、外戚を思うとまだ彰子は幼いから、などと悠長なことは言っていられない、と焦り始める。何とか彰子の周りを一条天皇好みの魅力あるサロンにしなければならないことは分かっている。道長でなければ手に入らない唐の書、絵画を集め、見目麗しく教養ある一級貴族の姫君を女房として出仕させている。

煌びやかにして絵画、書物なども充実した見事な彰子の部屋であるが、一条天皇にとっては定子第一である。

それほどの琴瑟相和《きんしつあいわ》す仲の二人であったが、定子は親王出産の翌年さらに二人目の内親王を出産後崩御する。

一条天皇にとっては自分の体をも失ったような喪失感で政務すらままならない状況であったろうが、道長にとってはいよいよ彰子中宮が後宮のトップとなり、己が外戚となることに何も弊害は無くなった

が、定子が亡くなっても一条天皇の心は定子でいっぱいで、火の消えた後宮を彰子が定子に代わって輝きを取り戻すには荷が重かった、ということを道長自身がひしひしと感じ、策を弄すれ

ば弄するほど空回りする。

その頃の道長は政務を取り仕切る最高権力者で多忙であった。後宮をおもんぱかることはなかなか思い通りに運ばず難儀しているが、その間寛弘二年内裏が炎上するという大事件が起こる。

すぐに陣頭指揮に立って、内裏の造営計画を進める。内裏造営の詮議の様子が道長の日記『御《み》堂関白記《どうかんぱくき》』に残されているが、道長の手腕を感じる記述である。

多忙な最中、自身の「四十の賀」が盛大に行われている。

道長は数年前から書物の収集に熱を入れ始めたことを寺社が聞き及んでいたのだろうか、四十の賀の祝い品として延暦寺《えんりゃくじ》、法性寺《ほっしょうじ》、勧学院《かんがくいん》などから、経典が数巻贈られている。

書物の収集に関しては管理、整理する者も並大抵の知識では役に立たないほど難解な書物も多く、道長の土御門邸の庭に「文殿《ふどの》」を建てて収納し、儒者を管理に就ける。

このような書物の収集は、一条天皇の学問、芸術嗜好の高いことに無論大きな影響を受けている。定子全盛時代のサロンに負けないようにと意気込んでいたとすれば、親心と己の野心と相まっての私設図書館である。

こうして涙ぐましいほどの力を注いでも、彰子には懐妊の兆しが見えず、彰子の周りもなすすべもない様子で明るさは感じられなかったであろう。

が、彰子中宮の女房たちが、何か夢中になって読み回している物語のことが後宮では話題になっている、と道長の耳に入る。

今まで女房たちに人気のある物語は、お伽噺や絵草子、唐からの物語であったが、今夢中になっているのは、京の都に住む名のある歌人の家系の女が作者で、少しずつ話を書き綴っている最中で、徐々に人づてに広まって書き写し、次を皆待ち遠しく楽しみにしているのだと言う。

その物語の話を生き生きと話し合う女房たちに、道長は探りを入れる。

すぐに為時の娘で、数年前に亡くなった宣孝の妻が物語の作者だと分った。

為時のことは、よく覚えている。

任地の等級の低いことに不満を抱き、和歌を詠じて天皇に直訴した。

一条天皇は和歌に感動し、何とか変更してやりたい、との思いを道長が察して、慣例では有り得ない任地替えをして上級の越前への任地となった経緯を思い返すと、あの文才が娘に受け継がれていることは納得がいく。

為時は時折歌会で見掛けはするが、よき年であろう。

三歳くらいの娘を残して夫宣孝は急逝しているとすれば、もろもろ精神的にも社会生活上もかなり苦しいであろう。

人気があり、書き続けると言っても歌人の名声はあるが、為時の家は中流貴族である。物語を書くにはかなりの書き潰しもあり、筆、墨の類を工面しつつではないか。国風文化が盛んになってきたとは言え、上質の物はまだ唐からの輸入品である。

道長でさえも唐からの用紙は貴重品である。

この当時用紙が貴重品であることは、清少納言が定子中宮より真っ白な用紙をいただき喜ぶ様子が『枕草子』にも書かれている。

そういえば文殿に収集した書物の中には、彰子や女房向けの物語などもあるが、儒者では選別できにくいようで、後宮に本が届いている気配は少ない、為時の娘ならば、高価な蔵書を選りすぐって彰子や女房を楽しませ、さらに一条天皇をも惹きつけることが叶うのではないか。

道長はこれらの考えがまとまると、彰子が入内してここ数年、どんなに贅をこらしても一向に盛り上がらなかった、欠けていたものが今、これだったのだ、知を持って人を惹きつける、それも女性でと思い当たった。

人気の出始めているという「物語」は後宮の女房たちだけではなく、中宮、天皇をも魅惑出来るかもしれない。

女房として、加えて彰子の家庭教師、漢書蔵書の管理者として為時の娘には是非とも彰子中宮の元に出仕を願いたい。

出仕してもらわなければならない。

道長は動いた。

3

紫式部のプライドを鷲摑《わしづか》みにした道長

輝くばかりの貴公子を主人公に、宮廷を舞台にした恋愛物語は、紫式部の友人からその友人の女房たちにも広がり、小さいながらも『物語』の輪が出来て見知らぬ人からの賛辞の声も届く。夫宣孝亡きあと、寂しさを紛らわす暇に書き散らした短文が数人の友から波紋となって続きを待たれると、己にそのような才能があったのかとうれしくもなり、書き散らしから少しずつ物語としての体裁を整えてみるとその作業が難しくも楽しい。

が、唐からの紙は高級貴族でも調達が困難なほど高価で書き直したいと思っても紙が惜しい。書き潰しのないように惜しみつつであっても物語を創作していく時のほとばしる思いは今までに味わったことのない幸せ感である。

かと言って日がな一日物語と奮闘した後の充実感も現実の生活の不安を打ち消すには至らず、幼い娘の教育はおろか明日の希望などどこにも見当たらない。

歌人、学者の名門の血筋であっても周りも自分の家で精一杯で頼れる親類など思い当たらない。

先程までの、書いていれば次々に思いが浮かび勝手に筆が動いて行く楽しい自信は、都を渡る夕風の冷たさに雲散霧消してしまい行く末の厳しさに負けてしまいそうである。

何も気にせず今面白く成り始めた物語を紙をたくさん束ねて思い切り書き連ねてみたい。

頭に、心に溢れ出る思いを紙にぶつけて行くように書く。

あと数枚の紙に、墨、筆、思いとは別に不安な机の上。

そのようなある日、左大臣の道長より彰子中宮の元に出仕いただきたく、と唐突な申し出を受けた紫式部は何かの勘違いか、お人違いではないかと思い、問いただすも是非にとの話に不思議に思い、困窮な生活と思った誰かの話が巡り巡って道長に届いたのだろうか。

こともあろうに中宮の女房という、若ければ名誉なことであろうが今さら何故私にと不審に思う。

道長の権勢のもと中宮の女房は家柄もよく教養もありたしなみ、美貌も非の打ち所がない一級貴族の姫君で固めているはず、その中に出仕とはどう考えても合点がいかない。

道長からは女房出仕の経緯の話はなく、

「今都でときめいている物語と共に出仕を。彰子中宮の家庭教師として。さらに土御門邸の文殿に蒐集した漢籍や稀覯本《きこうぼん》の書物の整理、監理を。あなたの優れた高い教養を中宮の元で存分に発揮していただきたい」

女には高い教養など無用どころかかえって邪魔になり結婚の妨げになるとの声に、漢書や漢詩、史記を読み解くことが出来ることは全く口外していなかったのに道長の耳に入っていたことに驚く。

さらに広がり始めていたとはいえ自分の周りのごくわずかな輪で読まれている物語を知っていたとは。女友達、女房たちの間の読み回しの物語を天下国家を取り仕切る左大臣がまさか読んではいないだろう。

物語を書き続けていけるように高級な唐の紙、墨、筆などは充分に用意する。

読み方の上手な女房を充て、中宮の前にて他の女房たちも集っているところで朗読をさせたい。

物語を書き進められるように、書斎となる局も用意しよう、等々。道長の提示する文言に、紫式部のつねに冷静な思考回路が停止しそうになる。

このところ物語の展開が自分でも信じがたいほどに面白く、先を綴っていきたいが紙の減るのが怖い。

それにしても物語を書き進めることを認められた女房などいるのだろうか。

女房と言えば、中宮の身の回りの世話、話相手、中宮と来客の取り次ぎ役と相場は決まっている。自分だけ特別扱いなど許されるのだろうか。

道長の権限なら許されるのかもしれない。

紫式部はあれこれ今までに見聞きした後宮を思い浮かべる。

書物、紙、筆、墨の揃った机の前に座って物語を練って書き進める自分を想像してみると、思っている以上の風景が浮かぶ。

文才を認められ、女としての扱いではなく物語の書き手として尊重された申し出に、この時ばかりは日ごろの憂き思いも消えて晴れがましい気持ちが徐々に体に染み入ってくる。

父の直訴の和歌に感じ入った一条天皇の思いを汲み取って任地替えを行ってくれた我が家の恩人道長が自分の文才、教養を真正面から受け止め褒めて出仕を強く促す。

道長の度量の大きさを父の一件で思ったが、物語を書き続けて中宮の前で朗読するという栄誉を下さるとは。

今書き続けている物語は『源氏物語』と名付け、宮中の恋愛物語である。

主人公はこの世では想像を絶するような完全無欠の素晴らしい男として描き、紫式部にとっても自慢できる出来栄えである。それが、友人、女房たちに溜息を吐かせ先を急かされている要因の一つである。

物語が進んで来ると主人公が立ち上がって動き始める。

主人公のモデルは嵯峨《さが》天皇の第八皇子 源融《みなもとのとおる》をどこかで意識していた。左大臣にして教養高き風流人、素晴らしき公卿と伝えられているものの、今の世より百五十年年ほど前の人物ゆえに実感に乏しい。

さらに紫式部自身は宮中や、まして中宮の居間である後宮などへの出入りは無論未経験である。主人公の宮中での話は唐の後宮の物語や、書物からの想像を逞しくして展開していく。

父為時を中心に親族は学者、歌人が多く宮中での歌会に出席することはしばしばあるからその辺りから宮中内のありようは窺い知ることもあるが、紫式部の望むような細やかな雰囲気を描くことからは程遠く、物語が進むにつれ間近に見聞きできないことを歯痒く感じている。

中宮の女房、さらに家庭教師として、とのことであれば後宮は無論宮中の行事にも参列出来、書物の書き写しではなく列席の人々の衣装から所作、声音までも詳細に観察し物語はどんなにか生き生きした生気ある場面を活写出来る。

今までの物語と言われてきたものには登場しない女君の立ち居振る舞い、言葉、果ては心の動きも実際の後宮で女房たちに接することで臨場感が増す。

物語を書き進める女房、それを中宮の御前で朗読会を開き女房たちで楽しもうというアイデアの実施。

一般に言われている女房としてではなく、物語の作者としての宮仕えの申し入れである。異例ずくめの出仕を己の考え一つで決断する道長には強烈なリーダーシップを感じる。

紫式部の周りは文人、学者、歌人として世の人々から尊敬され、歌会では大臣たちをも唸らせる技量を持ち自信ある者も多い。が社会での統率力となると無縁の者も多く、群れも仲間内で個人的な輪の中での生活がほとんどと言ってよい。

紫式部にしても父為時の庇護のもと、結婚してからは数年宣孝の妻としての輪の中での生活であった。

為時も宣孝も身近で紫式部の頭の良さ漢籍や書物の理解力などを認めつつも、女ではもったいないねと言った感想以上ではなかった。

今物語の主人公には、宮中を引っ張っていくほどの統率力や政治力を持たせていきたいとプロットの中では考えている。

身の周りや書物から描いていてもリーダー性あるモデル像はなかなか出来上がらなかったが、

紫式部は「平安一のいい男」道長に恋心を抱く？

自分への依頼の仕方からも偉大な政治力を感じ、主人公に重ね合わせると私が待ち望んでいたモデル像は道長がより近いのではないかとすら思えてくる。

紫式部は物語の筋書きを練るように、道長の姿を思い浮かべる。

一条天皇の元への参内時の衣冠束帯《いかんそくたい》の正装姿の道長を。

黒い袍《ほう》の袖と首上《くびかみ》から下に着込んだ単衣《ひとえ》の紅が鮮やかに映える。表袴《うえのはかま》の下から赤大口《あかおおくち》の袴がのぞく。足には白絹の襪《しとうず》を履く。檜扇《ひおうぎ》を持つ手の形は慣れたもので様になり、もう一方の手で裾《きょ》の褄《つま》をとる。

胡粉《ごふん》を塗った顔は白く輝き眉と髭の辺りは凛々しく国政を司るに相応しい。口を開けば手入れの行き届いたお歯黒が高貴な雰囲気を醸し出す。

道長四十歳。

平安の超一級貴族の立派さに男盛りの色香が漂い想像の中で、紫式部は自分自身が恥じ入るほど心が昂《たかぶ》る。

物語の主人公はかくあるべきであったのだ。

物語を書き進めていくには、このようなチャンスが道長の手引きであったとは自分の中に眠らせて置いた才能が開花したのだ。

躊躇する何があるだろうか。

娘を立派に育てたくても今の立場では出来なかったが、自分が出仕したあとは、乳母や侍女を不足なく就けるとのこと。

娘を女房に出仕などとは「箔が付くかもしれないが、一方で人擦れ、世間馴れしてしまう」と一流貴族はもとより中流貴族でも親の生存中に許諾しない場合が多い。

為時にしても、夫を亡くして自分も年取っているとはいえ宮中への出仕には当然反対であったが、この先再び自分の国司の任地に帯同させるのも酷なことであると思う。

息子や他の男どもより優れた頭脳、才能を認められての出仕となれば自分が教えてきた漢籍の知識が浮かばれると言うもの、と為時は自分をも納得させる。

いや、道長のたっての出仕の申し入れを、為時は断ることなどできる立場ではなく紫式部にむしろ出仕を勧めたであろう。

こうして、紫式部は今までに書いた物語の束を大切に保管している唐櫃《からひつ》から取り出すと、布の上に置き平包みにし、布に付けられた紐で丁寧に縛って固定させる。

物語がこのような形で自分を宮中へと連れて行ってくれるのか、と思うと紫式部はかなり分厚く幅広い包みを胸に抱える。

中宮に仕える女房のトレードマークの裳《も》を表衣の後腰に着け扇状に開いて長く裾を引いた姿は臣下の礼の改まった姿に整い宮中出仕に気持ちが引き締まる。

この世は憂きものと常に思っていた気持ちを心の片隅に押し込めると、自らの足で物語と共に彰子中宮の元へ一歩を踏み出した。

紫式部の胸には物語に加えて道長への尊敬、憧れ、かすかな恋情も抱えられていた。

宣孝との恋愛、結婚で惨めに傷つき二度と再び男を、夫を待ち詫びる生活はしたくない、と覚悟していたが道長は自分の才能を公に認めてくれた唯一の男性である。

若い頃の和歌を詠み交わす恋とは全く異なった高揚を感じられることもうれしい。

京の都に北山から吹き下ろす小雪混じりの日、紫式部は自分でも稀な、と思うほど力がみなぎる不思議な感覚で道長差し回しの手入れの行き届いた牛車に乗る。

時は寛弘二年（一〇〇五年）十二月二十九日

　紫式部、彰子中宮に出仕

紫式部三十三歳　道長四十歳　彰子中宮十八歳の暮れ。

4

光源氏はパーフェクトな王統の貴公子、都の女性の憧れ

いづれの御時《とき》にか。女御・更衣あまたさぶらひ給ひけるなかに、いと、やむごとなき際《きは》にはあらぬが、すぐれて時《とき》めき給《たま》ふありけり。

（どの帝の御代のことでしたか、女御《にょうご》や更衣《こうい》のお仕えも賑々しい後宮に、取り立てて高貴な家柄の出でもないのに帝が大層寵愛して優遇されている更衣がおりました）「桐壺」の帖

『源氏物語』はこの文言から始まる。

言ってみれば「むかしむかし、あるところに……」と言った書き出しであり、読者にはいつの時代の話か語らない。

物語の書き手紫式部と読み手の存在している現在かと思っている向きもあったかもしれないし、

気にもせず読み進めている女房がいたかもしれないが、紫式部は物語の時代をぼかしながらも自分の中では明確に設定していた。

紫式部の詳細な生誕没年は不詳であるが、道長全盛時代に『源氏物語』が書かれている事は確実であるから、一〇〇一年頃から書きはじめ、出仕中に本篇を執筆、人気を博している。

執筆は長保から寛弘時代であるが紫式部はこの時代よりも百年近く前の醍醐《だいご》、村上《むらかみ》天皇の治世、延喜・天暦時代を物語の時代に設定している。

平安遷都から一〇〇年を経て平安も幼児から子供時代を卒業して青年時代に入った頃が延喜・天暦である。

唐を真似ていた頃から、独自の国風文化が発展し新しい時代の完成度を高めようと政事も文化もぐんぐん昇っている時代。

紫式部は藤原家が摂政関白として国の実権を握っている自分が置かれている現在に設定せず、天皇親政の形が称賛された時代に魅かれ懐かしく思い、物語の土壌を置いた。

物事の見詰め方が繊細にして鋭い紫式部には、道長を中心にした繁栄の渦中にいながらも、頂点の危うさも感じ、物語にはまだ青々とした延びる勢いの時代の中で生き生きとした主人公を動かしたかったのか。

『源氏物語』の中で宮中の儀式や行事の出自、例えばいくつもの帖に出てくる「男踏歌《おとことうか》」は延喜時代は華やかであったが、紫式部の時代には廃止されている、等々「いづれの御時」は、当時より五〇〜一〇〇年前、平安の青春時代の設定であった。

桐壺帝《きりつぼてい》が多くの女御、更衣の中で寵愛したのが桐壺更衣《きりつぼのこうい》である。帝の妃としての位は皇后(中宮)一人、女御四、五人とここまでは出自が一級貴族の姫君たちである。中流貴族の出となると更衣として入内。

その桐壺更衣に皇子が産まれたが、地位の高い弘徽殿女御《こきでんのにょうご》を始め他の妃《きさき》たちに虐められ三歳の皇子を残し亡くなる。

寵愛していた更衣を亡くした桐壺帝の嘆きと落胆は深く、寂しさと、残された皇子を慈しみ、慣例を破って皇子を更衣の里ではなく桐壺帝の元、宮中で育てられている。

弘徽殿女御の産んだ第一皇子よりも稀なほどに美しい容姿に、学問、音楽すべてに天才的な資質を持っていたこの皇子の素晴らしさは世にも聞こえ噂はひろがっていった。原文では

にほはしさは、譬《たと》へん方なく美《うつく》しげなるを、世の人「光《ひか》る君」ときこゆ。

（皇子はつやつやと美しく、優れてたとえようもなく愛らしい。世の人々はいつともなく「光る君」とお呼びしている）「桐壺」の帖

桐壺帝は桐壺更衣が亡くなって数年が経っても公務もままならぬほど悲しみ、落胆は深い。寵愛と落胆は唐の玄宗皇帝《げんそうこうてい》が楊貴妃《ようきひ》におぼれて国が乱れた話を白居易《はくきょい》が作った長編叙事詩『長《ちょう》恨歌《ごんか》』に例えられる。

帝の周りも心を砕いたのであろう、先帝の四の宮が亡き更衣に大層よく似ていると帝に薦める。四の宮は妃として入内し藤壺《ふじつぼ》と呼ばれる。

この時藤壺女御十五歳。

桐壺帝は、桐壺更衣に瓜二つと言えるほどの美しい藤壺に癒され母の亡くなっている光る君を哀れと思い二人を引き合わせている。

亡き母に似ていると言われた光る君にとっては、美しく若い藤壺の元を父桐壺帝のお供をして訪れることは何よりの楽しみとなる。

光る君十歳の頃、藤壺とは五歳差であった。

桐壺帝は第二皇子の光る君があまりに優れて居ると将来第二皇子を担ぎ上げて皇太子や天皇の

地位を脅かそうとする者が出ないとも限らない、政争に巻き込まれるのは不憫であり、国の乱れにしてはなるまいとの天皇の立場、父としての親心から臣下の身分とする。

十二歳で元服した光る君は源氏姓を賜り「光源氏」に。

後ろ盾のない光源氏の将来を思い桐壺帝は、臣下で最高の地位にあり、帝の妹大宮《おおみや》を妻にしている左大臣の姫君葵《あおい》の上《うえ》との結婚を成立させる。

光源氏の正妻となった葵の上は、皇太子妃にもなれるような教育を受け、美しいが気位高く、光源氏よりも四歳年嵩である。

初めから光源氏には冷たく感じられ近しくなりにくい。

葵の上にしても、少年のような若々しい夫には自分が不釣り合いのようで気はずかしく気が引ける。

この時、光源氏は自分の思う人は藤壺の宮であったと気付く。

原文には

「さやうならむ人をこそ見《み》め。似《に》る人なくも、おはしけるかな。大殿《おほいどの》の君《きみ》、『いと、をかしげに、かしづかれたる人』とは見《み》ゆれど、心にもつかず」

（妻にするなら藤壺の宮のような方と結婚したいものだ。藤壺の宮に似た方などこの世にはいないだろう。左大臣の姫君は「美しく立派で、大切に育てられた品の良い方」であるが、どうも気持ちが合わない）「桐壺」の帖

と藤壺への恋情、慕情は日増しに強くなり、苦しいほどである。

元服すれば大人の男子となり桐壺帝ももう藤壺の元に光源氏を連れて行くことはなくなり、管弦の遊びの折り、藤壺の琴に合わせた光源氏の吹く笛にかすかに聞こえる藤壺の琴と声音を慰めとする光源氏であった。

「帚木」の帖に入ると、書き出しには

光源氏、名《な》のみことごとしう、言《い》ひ消《け》たれたまふ咎《とが》おほかるに、

（光源氏、光源氏とその名は仰々しくもてはやされているけれども、世間から批判されるような好色での失敗もあったようです）


すべてに優れた美男で、すでに好色な浮名もかなり流している様子。

光源氏は十七歳、近衛中《このえちゅうじょう》将で高級貴族のエリートコースを順調に進んでいる。

この帖に有名な「雨夜の品定め」がある。

梅雨のしとしと降る雨の夜、宮中の宿直《とのいどころ》所にいる光源氏の元へ、頭《とう》の中《ちゅうじょう》将、左馬頭《さまのかみ》、藤式部《とうしきぶの》丞《じょう》と若者たちが集まって来て、女の品定めを語り合う。

女は従順がよい、やきもち焼きは困る、など言い合う中に
「中流の女はいいですよ、上流は育ちがよく教養もあるがつまらない、下流は言うに及ばず。その点中流の女は自分から物事を考え思考する個性的な女に出会えることが多い」

女の品定めの話で、中流の女に光源氏は出会っていないと思う。

そのような折り、偶然にも空蟬《うつせみ》、夕顔《ゆうがお》と言ったいわゆる中流の女との出会いがあるが、光源氏は藤壺に優る女性はいないなあと、満たされない思いが募る。

その頃相前後して、若き公達《きんだち》（親王、貴族の身分の高い家柄の青年）の間で噂が高いのが、先の皇太子の未亡人、六《ろくじょうの》条御息《みやすどころ》所であった。

家柄、教養、美貌これほどの方はいないとの評判に光源氏も好き心で六条の館を訪れては熱意を込めて恋慕の情をしきりに訴える。

藤壺女御とは一度だけ愛を躱《かわ》す折りがあったが、二度と再び会ってもらえない切なさを、御息

所に求めたのだ。

さらに公達の中で自分は誰よりも優れていて選ぶならこの光源氏でしょう、という思い上がりもあって御息所を射止めるレースに乗ってしまった以上何としても勝たねば面子に関わると、御息所の心情を忖度することなどなく、若さに任せての猛アタックで多くの公達を押しのけて勝利する。六条御息所は源氏の愛を受け入れ宮中いや都中に知れ渡ることとなる。

が、激戦を制しての恋の成就であったが、雅びにして気品、教養があり麗しい御息所は光源氏よりも七歳年上で彼にとっては肩肘張って背伸びしての相手であり、始めのうちこそ通ったもののすぐに通うのが億劫になり足が遠のく。

御息所にしてみれば、光源氏のものになったとの噂が上ったことはよいが、しばらくしてもう飽きられたようだ、光源氏の牛車の訪れがない、などと喧伝されることは元皇太子妃のプライドが許さない。

自分が光源氏を思い切ってしまいたいが、彼への愛は募るばかりで逢えば恋情を抑えきれない自分が情けなくもいとおしい。

光源氏は御息所の心の奥深い闇で燃え上がる嫉妬心、情炎を顧みるには若過ぎる。

彼にしてみれば、最高の女性は藤壺女御である。

美しさ、教養、すべてに御息所も満たされているが、藤壺女御の持つ優しく懐かしいような美しさではなく、気品高くこちらが恥じ入るような美しさであった。

藤壺女御に似た人を求める光源氏の思いは深くなるばかりで、熱病になって加持祈禱を受けるために行った北山で幼い少女と出会う。

少女は扇を広げたようなゆらゆら揺れる髪、泣きながら「雀の子を犬君《いぬき》（侍女）が逃がしてしまったの」と訴える天真爛漫な愛らしさ、大人になればさぞ美女になりそうな美少女、光源氏と読者を捉えた、後の『源氏物語』のヒロイン紫の上の鮮烈な登場である。

少女は藤壺女御の兄の妻妾の娘で祖母の元で暮らす姪と分かると光源氏は自分の手元に置き好みの女性に育てようと自分の館に連れてくる。

光源氏の好み通りの女性に育った幼女は、紫の上として妻となるが、この頃の結婚は、とくに高級貴族では妻の実家が名門でなくては正妻とはなれず、源氏の理想的な女性で、藤壺とも遠縁であり、仲睦まじい二人であるが、終生紫の上は正妻を名乗れず、本人の大きなコンプレックスとなっていく。

この「若紫《わかむらさき》」の帖には藤壺女御が里に下がった折りに光源氏は女房の王命婦《おうのみょうぶ》を介して無理な

密会を押し通してしまう。

『源氏物語』の根底となる光源氏と藤壺女御の桐壺帝をあざむく秘密の逢瀬が描かれる。

思いを遂げてもなお悩みは深まる。

二人の心を詠んだ歌を原文から

見てもまた逢《あ》ふ夜まれなる夢のうちにやがてまぎるるわが身ともがな

と、むせかへり給ふさまも、さすがにいみじければ、

世がたりに人やつたへんたぐひなくうき身をさめぬ夢になしても

(せっかく逢えてもまた逢える夜がたやすく来ることは有り得ない。稀に逢えた夢のような中で私は消えてしまいたい

と光源氏が咽び泣きなさる様子に、藤壺女御はさすがに気の毒でいたたまれない。

後の世まで浮名を伝えられてしまうかもしれない、この世に類のない私の辛さを永久に覚めない夢の中に消し去ったとしても)「若紫」の帖

この密会によって藤壺女御は懐妊する。

桐壺帝の喜びはひとしおであり藤壺女御は恐れおののくも、光源氏には懐妊を告げず帝の子として偽りを貫く。

以後、光源氏の文には一切返信をせず二人の密会は世間に漏れることはないが光源氏は自分の子と確信し暗く大きな秘密を二人は背負わなくてはならなくなっていく。

藤壺女御の偽らざるを得ない深い苦しみの日々の頃に、光源氏は可愛い少女を藤壺のような理想的な女に育てようと連れてくるとは、歌ではこの世から消えてしまいたいと嘆いている様子を疑いたくなる読者もいたであろう。

「若菜」の帖あたりから物語は先がどうなるのか、と待たれるほど面白くなっていく。

物語は「紅葉賀《もみじのが》」の帖で、藤壺女御が皇子を出産し、桐壺帝は譲位を考え桐壺更衣をいじめた弘徽殿女御を差し置いて藤壺女御を中宮に据える。光源氏を宰相に昇格させて産まれた皇子の後見の立場に据える等々桐壺帝の終活を見据えた人事はなかなか頼もしい。

一方光源氏は、藤壺女御への未練は常に持ち続けていて二十歳の春、宮中での桜の宴で詩作を褒められてご機嫌で退席したあとも、藤壺中宮の部屋の扉が開いていないかなどとうろついている。

無論そのようなことは有り得ず帰ろうとした時、弘徽殿の部屋から「朧月夜《おぼろづきよ》に似る物ぞなき」

とても若々しい声で口ずさみながらこちらに向かってくるではないか。

光源氏は、いづれの姫君か、など考えもせず相手にも暇を与えず、速攻で弘徽殿の廂《ひさし》の間に抱きかかえて扉を閉めてしまう。

姫君は恐れおののき人を呼ぼうとするが、光源氏は

「まろは、みな人に、許《ゆる》されたれば、めし寄《よ》せたりとも、なむでう事かあらん。たゞ、忍びてこそ」

（「私は何をしても許されて誰からも咎められない身ですから、人を呼んでも無駄ですよ。そっと静かに」）「花宴《はなのえん》」の帖

姫君はその声に、光源氏の君と気付くと、うれしいと思う。

姫君は艶やかで婀娜めいて美しい、と光源氏が思うほど明るく色っぽい。

こうして互いにしかとは名乗らず花の宴の後に相応しい朧月夜との華やいだ恋は成立した。

後の再会で、朧月夜は光源氏の兄の皇太子に入内予定の右大臣の六の姫君と分り、その姉は桐壺帝の弘徽殿女御と知る。

光源氏の母桐壺更衣を苛め抜いたあの弘徽殿女御の妹で兄の許嫁と知っても朧月夜の若く艶やかで明るく、時には彼女の方から誘ってくる恋に正直な魅力は、今までの受け身の女性にはなく二人は恋愛プレイを楽しむ。

桐壺帝が譲位し光源氏の兄が朱雀帝《すざくてい》となって即位し、光源氏も近衛大将と官位が上がる。

光源氏の正妻葵の上は結婚して十年目にして懐妊して悪阻《つわり》で苦しく心細い日を送っているのをみて、源氏はめずらしくいとおしいと思う。

左大臣にとっては待たれた懐妊でうれしく、安産を願っての加持祈禱などが大仰に行われる。

新しい朱雀帝時代となり、世の中が一変する。

斎院《さいいん》（下鴨《しもがも》神社、上賀茂《かみがも》神社に奉仕した皇女）も斎宮《さいぐう》（伊勢《いせ》神宮に奉仕した未婚の内親王）も新しく変わる。

今年の賀茂の祭り（葵祭り）は盛大で、光源氏が特別の勅命で御禊《ごけい》の行列に立つと言うので都中の評判となっている。

一方六条御息所は光源氏の訪れが間遠で気持ちが悶々としているのに、正妻の葵の上の懐妊の噂を聞くと我が身が置かれた惨めな立場に嫉妬心が燃え上がる。

それでも葵祭りの行列に立つ光源氏はさぞ美しく凛々しく立派であろうと想像すると、ひと目でも見たいとの恋しい心が抑えきれない。

葵祭りの当日の京の都は晴れ渡り一条大路には都中の人々が押し寄せ立錐の余地もない。両端には前々から準備していた貴族の桟敷が並ぶ。思い思いの装飾をし、簾からこぼれる女房たちの出《いだ》し衣《ぎぬ》の袖口も色合いが華やかで美しくすばらしい見ものである。

葵の上は出産が近く体調も優れず部屋に居たいが、母の大宮や女房たちの勧めもあって一条大路へ急遽繰り出す。すでに大路は延々と人波が続き、牛車を入れる隙など無いところを左大臣家の車となれば他の者どもは引き下がって少しずつ前へこじ入れて行く。

やや古びた網代車《あじろくるま》で、下簾も趣味が良く端からのぞく袖口も上品である。ひと目を避けたお忍びの様がみてとれる。

葵の上の車の従者が押しのけようとすると、網代車の従者もそうはさせじと喧嘩になる。果てに六条御息所の車と知れ、こちらは正妻の車だとばかりに押しのけられ行列を見ることが出来ないほどに奥に押される。

御息所は多勢の前で辱められ、引き返したくても動きが取れない。

大歓声が上がると行列がやって来る。

惨めで帰ろうと思っても混んでいて帰れない、なのに光源氏が近付くと、ひと目見たいと思う女心がなお彼女自身には辛い。

光源氏の騎乗姿は陽光の元、まばゆいばかりの美しさで晴れの場では一段と輝く。

葵の上の車の前ではそれと知ってすまし顔を作り、お供の者はうやうやしく敬意を表して渡っていく。

後ろに追いやられてしまった六条御息所のことなど気付くはずもない。

元皇太子妃として生まれて初めての屈辱を味わった彼女である。

その「車争い」の件は従者から洩れ聞き、光源氏は六条御息所の心を推し量って久々に訪れるが、娘が斎宮に選ばれ邸の四方に榊《さかき》が立てられ憚りがある、との口実で彼女は光源氏には会わない。

光源氏は、なぜよそよそしいのだろうと嘆く。

葵の上は男児を出産するが、難産で衰弱している。

芥子の実を焚き回復の加持祈禱が行われているがはかばかしくない。

六条御息所には葵の上の男児出産も妬ましい思いであるが、時折うつらうつらして葵の上のところに出掛けて髪を引っ張ったり、正気の時には思ってもみないほどの激情が湧き出て叩いている。自分の魂がこの身から抜け出していくのだろうかと、あさましい。

もうあの薄情な光源氏のことは一切忘れようと決心する。

弱々しく苦し気な葵の上に光源氏はいとおしさを感じ慰める。

嘆《なげ》きわび空《そら》にみだる〻我《わ》がたまを結《むす》びとゞめよしたがひのつま
（嘆き苦しむ私の魂は、身から離れてさまよっています。私の魂を、下前《したまえ》の褄《つま》をしっかり結んであなたにつなぎ留めてほしい）「葵」の帖

葵の上が苦し気に詠む声は、まさしく六条御息所の声音、気配であり、光源氏は生霊《いきりょう》などと世に言うが不思議なことがあるものだと不気味に思い六条御息所をいまわしく思う。

一方六条御息所は髪にいつの間にか加持祈禱の折りに焚く護摩の芥子の匂いが染みつき、洗っても落ちない。やはり自分の魂は葵の上の元に行っていたのかと我が身がうとましい。

衰弱した葵の上は生霊に取り殺されてしまう。

やっと夫婦らしく心が通い合ったと思ったのに突然の妻の死に光源氏は打ち沈む。

しばらくして六条御息所より遠慮がちに、残されたあなたを心配しています、との歌が届く。生霊をしっかり見てしまった光源氏にしてみればよくも白々しく文をよこせるものだ、と。返し文を原文には

とまる身も消《き》えしもおなじ露の世に心《こころ》おくらん程《ほど》ぞはかなき
かつは、おぼし消《け》ちてよかし。「御らむぜずもや」とて、これにも

(生き残った者も、死んでしまった者も同じ露になってしまう儚い世でしょう。この世に執着心を持っているのはむなしいかぎり

一方、お恨みがあってもお忘れ下さいませ。喪中からの手紙ですので、これ以上は書くのを控えます)「葵」の帖

この返し文を見て世の噂にある自分の生霊が葵の上を取り殺したと言われていることに自責の念もあったが、やはり光源氏もほのめかしていることにたまらなく辛く罪深い身を嘆く。

膠着している彼との仲をきっぱり忘れようと思い、娘の伊勢斎宮に付き添って、都と光源氏から離れる決意をする。

伊勢行きを聞いて焦るのが光源氏である。

光源氏が六条御息所に捨てられた、と世間に思われるのは、男としてみっともなくプライドが絶対に許さない。

伊勢斎宮に出立する前には京の野宮《ののみや》に潔斎所（神事の前に心身を清める場所）が置かれ、潔斎の後、伊勢に下る。

娘の姫君の付き添いとして、六条御息所も潔斎所に入る。

光源氏は彼女の本意を翻そうと、野宮を訪れる。

深まる秋の嵯峨野に、殊のほか心を込めた装いの光源氏は枯れた秋の花をかき分けて黒木の鳥居の元、神々しい風情の潔斎所に辿り着く。

あれだけ自分への愛の妄執を抱いている六条御息所に、あえてこの場までやって来た自分を見れば、再びの愛を信じて伊勢へ下ること、つまり自分を見捨てることなど有り得ない、との自信が光源氏にはあった。

六条御息所は、縁に座って恋情を掻き口説く光源氏の御簾ごしではあっても月に映えた美しさに、御簾の中には入れまいとの決心が折れそうになる。

天空の月も明け方へと傾きかけると、あまりに切ないとなお口説く光源氏に、六条御息所はぎりぎりの気持ちで詠む。

おほかたの秋のあはれも悲《かな》しきに鳴《な》く音《ね》なそへそ野辺《べ》の松虫《むし》

（秋の情趣だけでももの悲しいのに、なお悲しみが増すように鳴かないで、野の松虫よ）「賢木」の帖

光源氏はついにあきらめて帰路に。立ち去る彼に六条御息所は名残惜しさに我を忘れて放心状態であるが、必死で持ちこたえ自らの力で妄執の愛を断ち切った。

この野宮の潔斎所での六条御息所の揺れ動く心模様は切なくも厳しく、美しい秋の情景をバックに紫式部の筆が冴える。

藤壺中宮には逢瀬が叶わず、葵の上は亡くなり、六条御息所は伊勢に出立し、思うにまかせない光源氏ではあるが、朧月夜が朱雀帝の元から里帰りをした折り、気心のしれた二人は恋愛プレイを楽しむ。朧月夜は艶っぽく陽気で明るく恋人としてこんなに楽しい女君はいない。

が、朱雀帝の尚侍《ないしのかみ》として天皇に近侍し、女御、更衣に準じている朧月夜である。彼女との密会を右大臣に見つかり光源氏憎しと思う弘徽殿女御はこの期を光源氏追い落としの絶好の機会と捉

える。

朱雀帝お気に入りの朧月夜と密会するとは天皇への謀反である、と言いがかりを大にする。謀反となれば菅原道真のように都から追放され再び宮中はおろか京の地に戻れないかもしれない。

父桐壺帝も亡くなり一気に風向きは右大臣側に変わり、光源氏は生まれて初めての劣勢の立場に置かれる。

不安な日々、かつて桐壺帝に仕え、今は光源氏が支えている麗景殿女御を訪ねるが、妹の花散里とは昔の想い人で恨みもあろうが、冷たくなった周りの人々に比して この姉妹の変わらぬ優しさに橘の香りさえ懐かしい。

「葵」「賢木」と息もつかせず次々と起こる出来事の重い帖のあと、ほととぎすが鳴き、橘が香る穏やかな高貴な姉妹の話「花散里」で『源氏物語』は光る君から光源氏の悩み多くも華やかな青春時代を色鮮やかに見せて物語の人気が高まっていく。

5

紫式部は出仕後たった五日間で敗北的な宮中退却

寛弘二年の十二月二十九日に道長の促した出仕から、人気の出始めている『源氏物語』を抱えて紫式部は作家としての自信に満ち自分の才能を認めてくれて全面的なバックアップを約束してくれた道長への感謝と憧れを秘めて、物語の主人公光源氏とともに夢多き彰子中宮の女房として出仕した。

中宮の女房の仕事は中宮の側近として着替え、洗面、洗髪、食事の給仕といった生活の雑用に加え中宮の話し相手、訪問客の取次ぎ、また客と中宮は直接話す事は出来ないため女房が話の中継ぎもする。

天皇付き、中宮付き、大臣付きの女房の取次ぎや中継ぎ役は官位の取り成し、出世への橋渡しをしてもらうための重要な窓口であり下っ端の役人は女房たちに頭が上がらない。摂関政治時代に後宮が賑わった理由でもある。

さらに中宮の教育、家庭教師としての役割も担う。

彰子が一条天皇に入内した時は、四十人の女房とともに入内している。

女房も家柄などから上臈《じょうろう》、中臈、下臈に分けられ、紫式部は中流貴族の出であるから、中臈に当たる。

後宮は女の園であり上は今でいえばキャリアウーマンといったところで、上下関係の厳しさもあれば派閥もあり好き嫌いも激しい集団で、出仕する前は貴族の姫君でわがままに暮らしていたが箔付けに出仕する者も多い。

他人との接し方に難点あり、と自ずから認めていた紫式部は、自分のこのリスクに出仕前に不安がなかったわけではなかったが、それよりも、物語作者としての出仕と言う事の方が心にも頭の中にも大きく占めていて後宮に乗り込んでしまった。

しかも出仕した時期が悪かった。

年の代わりの宮中では天皇を中心に多くの儀式が行われ、儀式への参列などは男性中心であるが、後宮も相応に多忙である。

多くの女房にはそれぞれの役が割り振られて忙し気な雰囲気である中に若くもないのに道長に特別扱いされ、面白い物語の作者とは知っていてもだからと言ってこの年末年始の行事の多忙な折りにのこの入って来た新参者に、女房たちが送った視線は想像がつく。

紫式部はうろたえた、というより一斉に向けられた数々の興味しんしんの視線のなかで心身ともに固まってしまっただろう。頭が真っ白になる、そんな感じで立ち竦んでしまったか。

中宮には馴染みの女房やキャリアウーマンが周りを固めているから迂闊には近付けない。

紫式部はその場の雰囲気を読んだり、にこやかに愛想よく振る舞うことが普段でも不得手なのに、中宮を中心に多勢の女房で固められた輪の中にいきなり放り込まれたような形に遭遇し、憧れ膨らんでいた宮中での生活は一気にしぼんだ。

一月三日は新春の歌会である。

そこまでがぎりぎりであったか、歌会が済むと紫式部は里へ退出する。暮れの二十九日に希望を持って憧れの宮中に出仕して、一月三日までのたったの五日間で逃亡したような退出であった。早々の退出後、実家に戻った紫式部に宮中出仕中に少し言葉を交わした同僚の女房からの心配の歌が届き返歌する。

この時の切羽詰まった心境が詠み込まれている。

はじめて内裏《うち》わたりを見るに、もののあはれなれば

身のうさは心のうちにしたひきていま九重《ここのへ》ぞ思ひ乱るる
（長い間憧れ続けてきた宮中に初めて宮仕えしてみた今、我が身の憂き思いは心の中に付いてきて、かえって心が幾重にも乱れています）『紫式部集』

さらに中宮より春の歌会の歌を奉るようにとの催促も。

正月十日のほどに、「春の歌たてまつれ」とありければ、まだ出で立ちもせぬかくれがにて

みよしのは春のけしきに霞めども結ぼほれたる雪の下草
（中宮より、十日の歌会の祝歌を奉るようにとのことにまだ出仕もせず身を潜めている里の隠れ家にて
雪の積もった吉野山も今は霞がかかって春らしい景色でしょう。私はまだ雪に埋もれて新芽も出ない下草のようです）『紫式部集』

と中宮に奉る新春の賀歌には相応しくない憂鬱な歌を贈って引き籠っている。

あまりに憧れと期待が大きく、現実の女房生活とのギャップに追いつけない紫式部である。親身になって心配してくれる女房もいるが、中には

「中宮様からのお言葉にも出仕せず、何事にも我慢すべき立場のくせに、何様のつもりか、上臈ぶって生意気な」

との声もある。

他人が何と言おうと自分の気持ちを大切にしよう、となお里に引き籠っている。里に籠っていた頃、『源氏物語』はかなり書き進めていたのではないか。

道長から再度出仕の強い依頼だけではなく、やはり『源氏物語』を書き進めていくために絶対に必要なパトロンは彼以外には考えられず、書き続けたい意欲に自身の背を押され、夏が過ぎ秋に入ってふたたび中宮の女房として出仕する。

自信を取り戻すには書くことが最適な道であることから、筆運びは順調で光源氏も輝くヒーローとして物語を盛り上げる。

意地の悪い女房が相変わらずいても、物語の魅力の方が優れていれば中宮を始め女房たちは作家紫式部を応援する。

道長が約束したように中宮を中心に女房たちが大きな輪になって、際立って読み上手な女房が

『源氏物語』は高級文具の備わった「作家部屋」で執筆

声麗《うるわ》しく読む。

ここに『源氏物語』の「光る君」が彰子中宮のサロンの花形となって、宮中に広がる。

一条天皇もいつの間にか物語の面白さに魅かれ、彰子中宮のサロンを頻繁に訪れる。

道長の思いは当たった。

女房たちが物語の先を催促するよりも前に、天皇の思いを察して道長が彰子中宮のサロンの華やぎを逃すまいと、話の先を催促する。

紫式部としては、もう書斎のような個室の局で思う存分に物語の創作を堂々と書いていられる立場を築き上げたのだ。

が、そうした紫式部の特別待遇に嫉妬する女房や若い女房たちにも、紫式部は心を砕きつつ、また教養のあることを強いて押し隠している。

興福寺から中宮に桜の花の献上があり、取入れ役は紫式部であったが、新参の伊勢大輔《いせのたゆう》に譲る。その時伊勢が詠んだ歌

いにしへの奈良《なら》の都の八重桜《ざくら》今日《けふ》九重《ここのへ》に匂《にほ》ひぬるかな

（奈良の古い都の桜は、献上されて平安京の九重（宮中）で匂うように美しく咲いていていますよ）『伊勢大輔集』

百人一首にも残されているこの歌は伊勢大輔が歌人としての才能を中宮や道長の前で披露したもので、二十歳ほども年下の自分の才能を認めてこうした機会を新参の自分にゆずってくれた紫式部の好意を彼女はとてもうれしく思い、「あの人は付き合いにくいとか、物語好きで気取りや、こちらを見下しているという噂だったけど、実際は鷹揚で噂とは別人のよう」と紫式部に打ち明けたという話が日記に残されている。

宮中にも慣れ、物語も好調で紫式部本人にも心の余裕が生まれ鎧で固めてガチガチにガードしていた外装を少しずつほどき始めていたのだろう。

中宮がこの頃紫式部に

「いとうちとけては見えじとなむ思ひしかど、人よりけにむつましうなりにたるこそ」と、のたまはするをりをりはべり

（「あなたとはそんなに打ち解けて付き合えないだろうと思っていたのに他の人より特別に親しくなったわね」とたびたび話される）『紫式部日記』

と、日記に記されているが、出仕し始めて五日で堪え切れずに屈辱的な敗北感で退出したが、数年後には中宮はじめ周りにも紫式部親派が現れている様子がわかる。

『源氏物語』も光源氏の活躍を中心にサロンで盛り上がり天皇、中宮を中心にかつての定子中宮時代にも劣らない賑わいを見せている。

紫式部にとっては執筆に専念し、宮中の行事を間近に観察できるチャンスにも恵まれ、道長自ら物語の進み具合の激励に訪れ冗談を言い合える雰囲気でもある。

中﨟の女房の立場で左大臣の道長に冗談などはおろか、直に話の出来ることはないが、光源氏が立ち上がり、物語が武器となって一目置かれている。

が紫式部の心の奥底にはこの世は憂きもの、といった感情が根強く、仏教の信仰への帰依も深

くいつまでこのような後宮に身を置くのだろうか、と自問自答する日常でもある。

6

道長、彰子中宮の懐妊祈願のため金峯山詣《きんぷせんけい》

『源氏物語』の面白さに一条天皇を始め彰子中宮を中心に後宮は盛り上がり、道長の思惑通りに運んでいる。紫式部の筆の勢いも増し、光源氏のモデルは左大臣道長らしい、などの噂も飛び交うほどで道長は得意げである。

彰子中宮も二十歳、このところ一条天皇と仲睦まじい。そろそろ懐妊の兆しがあってもよさそうなもの、とサロンの賑わいのための布石にあれこれ腐心したが、無論紫式部の出仕が最後の切り札であった。

大成功で、道長の先見の明は当たったが、目標の懐妊、出産、外戚となるという道筋が見えてこない。

兄道隆が娘定子の皇子出産を生前に見ることなく、外戚になれずに世を去った。

自分は生前に彰子中宮の皇子出産を手に、一条天皇の外戚として宮中を、都を、国を動かした

い。

紫式部の『源氏物語』にすがって彰子中宮サロンの繁栄までこぎ着けたが、あと一歩が進まない。

道長は焦った。

当時貴族の間で盛んな山岳信仰を思いついた。

修験の山として厳しい金峯山詣を、彰子中宮懐妊祈願のため吉野までの山道を歩く決心をする。貴族の間で山岳信仰が盛んになっているとはいえ、険しい金峯山詣を実行したのは貴族ではおそらく道長が初めてであり、彰子懐妊祈願への道長の並々ならぬ決意のほどが分かる。

寛弘四年閏五月二十七日から潔斎など準備を始め、八月二日丑の刻（午前二時頃）金峯山詣に出発。鴨河尻《かもかわじり》より乗船、石清水《いわしみず》八幡宮《はちまんぐう》に詣で、三日は大安寺《だいあんじ》（南都七大寺の一つ）、四日井外寺、等々行き先々の寺社に詣でて十日金峯山に到着。十一日小守三所《こもりさんしょ》に参上する。

小守三所は蔵王《ざおう》信仰により祈願すれば子宝が授かると言われ、道長は彰子中宮懐妊祈願に修行者のような道のりをこなして訪れている。

そこに金銀五色の幣《へい》（絹）、米、紙、経典等を献じる。

信心深い道長はこの時法華経を書写し経筒に納めて金峯山に埋経《まいきょう》している。

極楽往生と滅罪生善《めつざいしょうぜん》を祈る経典の書写埋経で来世を祈ることは大であるが、彰子中宮に皇子が生まれ、外戚となるという現世の祈願のために大がかりな金峯山詣を成し遂げた。

この時の埋経が六八四年後、元禄四年経筒が発掘され、「左大臣正二位藤原朝臣道長」と書かれ「寛弘四年八月十一日」と記されている。中には道長自身が書写した法華経、阿弥陀経、般若心経など合わせて十五巻が収められていた。

四十の賀を過ぎての一大行事を無事に済ませた翌年、道長は金峯山詣で念じたご利益、と大喜びすることになる。

彰子中宮懐妊である。

彰子入内から九年目であった。

待たれた懐妊であり初産であるゆえに大事をとって、彰子中宮は寛弘五年八月頃には道長の土御門邸に里帰りをする。

『紫式部日記』は日記の冒頭が、彰子中宮の里帰りから始まり九月十一日出産、十一月十一日「五十日《いか》の祝《いわい》」まで、日記のほぼ半分近くを占めて丁寧に記述している。

本書巻頭「プロローグ」は出産の日の様子の抜粋である。

道長の日記『御堂関白記』、藤原実資の日記『小右記』などにも当然記述されるが、道長は産室に近付くことの出来ない男たちでは公記として数行記述されるのみと分った上で、女房として中宮に付き添う紫式部に依頼する。

すでに『源氏物語』は好評で、一条天皇も先を待たれるほどでその文学性をもってして彰子中宮の出産を褒めたたえてもらおうと思う。

当時は現代のように妊娠中の性別判定方法など無いのに、道長は絶対に皇子である、と信じて疑わなかった。

皇子であればゆくゆくは皇太子さらに天皇となり、天皇の母方の祖父つまり待望の外戚の座を手に入れることとなる。

出自の記録が数行の公記でははなはだ物足りない。長じて皇太子、天皇となった時、輝かしい「御誕生の記録」は栄光に花を添える。

紫式部の漢籍の知識で行事も詳しく解説し、何より彰子の産前産後の姿、様子を細やかに立派さを伝える筆力に期待する。

もう皇太子、天皇への道筋が道長の中では一本に開けているのだから、いい加減なものを残してはならない。

彰子中宮も行く末は天皇の母、国母《こくも》となる。

天皇の出産の記録を任せられるのは紫式部以外にはいない。

その道長のあふれんばかりの彰子中宮出産の記録への情熱に、紫式部は巻き込まれて行った。出産が女の大役は事実であるが、それが女のすべてであるかのように捉えられていることには不満感があるものの、筆の力を道長から期待されさらに出仕以来、懐妊を皆から期待され続けてきた彰子中宮の皇子の出産は、紫式部にとっても胸のつかえがとれたように安堵しうれしい。いつもの「この世は憂き事多く」と言った憂い心がすべて取り払われたわけではないが、道長の桁外れの喜びを目の当たりにすることはうれしく、輪に入って期待に沿えるように書き記す。

まさに作家目線、女目線が発揮された日記となっている。

『紫式部日記』は彰子中宮の女房として宮中出仕の間のキャリアウーマン日記であり、同僚を観察して悪口を書いて憂さ晴らしをしている私的な感情の吐露も多いが、彰子出産関連は、次々繰り広げられる皇子の行事を詳しく説明し、列席者の衣類の記述なども詳しく他の公記は及ばない。

さらに彰子中宮の様子には感性豊かにして文学的な私情も加わって絶賛している。

道長は期待以上の「彰子中宮皇子出産の記録」としてのすばらしさに満足であっただろう。

皇子出産で、あれほど欲しかった外戚を道長は手中に収めた。

道長の全盛時代、道長劇場の幕開けであり、紫式部のキャリアウーマン作家としての力量が発揮され、光源氏は宮中はもとより都中の評判を勝ち取っているのである。

道長が金峯山詣をしたように、紫式部、光源氏、道長の三者が手を携えて平安時代の全盛期という頂上に向かって登って行く。

7

光源氏は多情仏心な青年から冷徹な政治家に変身

光源氏は朱雀帝の尚侍として寵愛されている朧月夜との密会が、右大臣に見つかり「天皇への謀反である」との噂が宮中に喧伝されそうである。

謀反の企てとなれば流罪であるが、右大臣側の勢いに今は自分から謀反などではなく男女の間の問題であるが騒がせたことで謹慎の意を表します、として須磨へ都落ちしていく。貴人が都落ちして試練を克服した結果尊い地位を得る話は貴《き》種《しゅ》流《りゅう》離《り》譚《たん》といって日本の物語によくあるパターンであるが、都人の憧れであり、自分でも宮中一であると自負していただけに光源氏にとっては二十六歳にして、初めての大きな敗北である。

今まで光源氏や左大臣側に味方していた者たちが潮が引いたように彼の元を離れる。

須磨の生活は島流しのようで情けない。

都の紫の上を始め藤壺尼宮、朧月夜、六条御息所からも励ましの文が届く。

須磨の海山の景色は今まで見たことのない美しい自然であり感嘆するも侘しさが募る。

右大臣、弘徽殿大后に遠慮して誰も訪れない中、亡き妻葵の上の兄で親友の頭の中将が須磨を訪れる。

右大臣側から罪を問われる恐れも気にせず訪れた頭の中将の熱い友情に光源氏は涙する。

嵐の夜の夢に父の故桐壺院が現れ、

「住吉の神の導きのままにこの地から立ち去るように」

とのお告げのように、翌日明石の入道が光源氏を迎えに来る。

一年あまりの須磨から明石へと小舟で脱出する。

明石の入道は桐壺更衣のいとこに当たるが、偏屈で受領になって都を捨てそのまま明石に住み着いている。

が娘は何とかして都の貴族に嫁がせたいとの夢をあきらめてはいなかった。

そこに住吉の神のお告げで明石に光源氏を迎えることとなり、厚遇し娘を娶《めあわ》せたいと打ち明ける。

光源氏は都で待つ紫の上を思い、うかつな行為には出られないと思うものの明石の入道の計らいに乗った振りをしながら、娘の美しさにも魅かれ都を離れての寂しさも手伝って、明石の君と結ばれる。
黙っているのも気が引けると、手前勝手な言い訳をして明石の君との関係を紫の上に打ち明ける。歌のやり取りを原文では

しほ〳〵とまづぞ泣《な》かるゝかりそめの見《み》るめは海士《あま》のすさびなれども
（恋しいあなたを偲んでしょぼしょぼ泣いている私、かりそめに契った女は旅の慰め。あなたを切なく思っています）

と正直に告白し包み隠さない私の気持ちを察して下さいね、と虫のいいことを言っている。心配して心細く都で留守を守っている紫の上は、驚き、恨みたくなる気持ちをほのめかして返歌

うらなくも思《おも》ひけるかな契りしを松《まつ》より浪は超《こ》えじ物ぞと
（私は、疑いもせずに何とまああなたを信じていましたよ、末の松山を浪は超えないように、心変わりはしないと誓ったあなたを信じ再会の日を待っていましたのに）「明石」の帖

鷹揚な歌の中に「徒《あだ》し心《ごころ》をお持ちとは悲しく悔しい」との思いが読み取れ、源氏は明石の君への忍び通いも少し自粛する。

朱雀帝は自分の眼病は罪の無い光源氏を陥れたからではないか、と弘徽殿大后の反対を押し切って彼の帰京の宣旨を出す。

須磨に流れてから二年半振りに帰京が叶うが、明石の君は身ごもっていた。

帰京の宣旨に明石の君はこうなることは分かっていたとはいえ、身重で明石に取り残されることは悲しい。

光源氏は都に復帰すると権大納言《ごんのだいなごん》に昇進して、政界の中枢に返り咲き流離以前よりも政治家としての重みが出てくる。

「澪標《みおつくし》」の帖、源氏は二十八歳。朱雀帝が譲位し東宮が冷泉帝となる。光源氏と藤壺女御（尼宮）との不義の子が天皇となったのだ。

二人の秘密は世に漏れず、藤壺尼宮は国母となる。

明石の君が女児を出産すると、光源氏は大層な喜びようで、この娘を国母にし自分が外戚にという望みが出てくる。

御代替《みよが》わりとなって、伊勢斎宮も任を解かれて斎宮は母六条御息所と共に帰京する。

六条御息所は伊勢の生活が厳しかったのか病で伏せるようになり、見舞いの光源氏に娘の後見を頼むがくれぐれも私のように愛人の一人とはしないで、と苦しい息の中で遺言のように念を押す。六条御息所を見舞うのは口実で、前斎宮の娘見たさで訪れていた光源氏は苦笑せざるを得ない。数日後に亡くなった六条御息所は愛し過ぎて彼に疎まれてしまった悲しい恋情を亡くなっても己で魂を制御出来ず死霊となって彼の女に憑りつくが、決して光源氏には憑りつかない。いや憑りつけない。女の情念の烈しさを紫式部は六条御息所に寄せて光源氏ばかりか時には読者をも震え上がらせている。

六条御息所の娘が斎宮に決まって十四歳の時、伊勢に下る前に宮中で時の天皇朱雀帝に別れの櫛をさしてもらう儀式で、天皇は美しい斎宮に強く心を魅かれた。

京に戻った彼女を、朱雀院となった院の御所にぜひ迎えたいと望む。

光源氏はこの朱雀院の望みを知りつつも、前斎宮を冷泉帝に入内させようかと藤壺尼宮に相談する。

その時の藤壺尼宮の返事が
「朱雀院のご所望は畏れ多いことですが六条御息所のご遺言を口実にして、ご所望のことなど知らぬ振りをして冷泉帝に入内させればいいでしょう。院も譲位されて仏行に励まれているのでしょうから冷泉帝に入内させました、とあなたが言われても深くは考えないでしょうよ」

この答えで、六条御息所の娘の前斎宮は冷泉帝に入内する。

光源氏の永遠のマドンナで気品があって優美な藤壺尼宮の計算高い答え振りに、あの藤壺の宮が？　と光源氏よりも読者が引いてしまう。

「蓬生」の帖の末摘花《すえつむはな》、「関屋」の帖の空蟬など光る君と騒がれた若き源氏の慕情、恋情をほしいままにしていた女君たちも年が巡って様変わりする様子を紫式部は容赦なく繊細な筆致で追いかけ、一度関係した女性を年経ても見捨てない光源氏の浮気心はあっても情が深い仏心を持つ彼を、当時の理想の男性像として『源氏物語』を高みへと導いていく。

光源氏も三十代、今でいえば中年の働き盛りになる。

冷泉帝に入内した六条御息所の娘は梅壺女御と呼ばれる。

冷泉帝には頭の中将の娘が弘徽殿女御（局の名で呼ばれるので、桐壺帝の女御とは別の新しい女御）として前年に入内している。絵の好きな帝にそれぞれの後宮が絵を集めて競い合うことを絵合わせという。光源氏と頭の中将は芸術的センスに加えて財力にものを言わせて競い合い、最後は光源氏が須磨で描いた旅日記がしみじみとした風情をたたえていて梅壺側の勝利となる。

「絵合《えあわせ》」の帖は室内のしつらい、女房たちの衣装などが細やかに書かれていて、実際に宮中でのこうした催しに読者も列席しているかのような臨場感があり、紫式部が女房として中宮の間近での生活があればこその描写力である。

宮中での絵合、歌合《うたあわせ》、競馬《くらべうま》、賭射《のりゆみ》など各種の物合わせは左方、右方に分かれ判者がいて優劣の勝敗を決める。

神事に則って行われるものもあるが、政治的に利用され、権力のある者が勝者になればますます強さを誇示することにもなる。

「絵合」で勝った梅壺女御は光源氏を後ろ盾として秋好中宮《あきこのむちゅうぐう》となって出世する。

光源氏は内大臣として政権の中枢にいるものの明石の君の生んだ姫君を高級貴族の姫君として育て、天皇の后に入内させて皇子を生んで……外戚となる、との思いは日に日に強くなる。

明石の君は中流貴族の出なので、姫君は光源氏の正妻のような扱いである紫の上の元で育てなくては、天皇、皇太子の妃としての入内は難しい。

上京して大堰川《おおいがわ》の麓の山荘に住む明石の君を説得して、三歳になる姫君を光源氏が母から引き離して紫の上の元に連れてくる子別れの場は、物語の中でも哀感を帯びた秀逸の場である。

十二月の雪の降り続く大堰川の里を訪れた光源氏は、姫君を急ぎ車に乗せようとする。姫君は母親も一緒に来ると思って「早く早く」と母をせかして袖を引っ張る場面に読者は思わず涙するであろう。

娘の将来を思って引き渡さざるを得ない明石の君に、光源氏の行為は真冬の大堰川の風のように冷たく突き刺さってくる。

この「薄雲」の帖の後半では藤壺尼君の逝去が告げられる。

藤壺尼宮は光源氏との不義の子を桐壺院の皇子として世に知られぬように腐心しながら東宮から帝への地位を守る。光源氏と策を巡らせて朱雀院の想い人を帝に入内させるなど、二人で心を合わせて共闘する。あのたおやかな面影はなくたくま

明石の君から娘を引き取る光源氏、冷たい「子別れ」の場

しい母への変貌ぶりに驚くが、最後まで光源氏のマドンナとして味方に惹きつけていた女力は見事であった。

光源氏は六条御息所の旧邸も取り込んで四町（東京ドームの一・四倍）もの広い新邸を造営する。

広大な敷地を春夏秋冬の町に分け、春の町は光源氏と紫の上、明石の姫君（光源氏と明石の君の子）の住まいに。東北の夏の住まいは花散里、秋好中宮の里下がりの住まいは秋の町に、冬の町は明石の君の住まいとした。

光源氏が愛する女性を四季の趣を凝らした邸に住まわせた館はハーレムのようで公私ともに満たされ、『源氏物語』は華やかに平安の絵巻を繰り広げ、大いに読者を惹きつけて楽しませている。

がいずれの女君もすでに恋、愛を囁く年齢は過ぎ、どきどきしながら読んでいた頃からすれば新鮮味に欠ける。

こうした読者の思いを察したかのように紫式部は物語に新しい展開を見せ、再び読者を惹きつける。

玉鬘《たまかずら》の登場である。

光源氏十七歳の時、「夕顔」との恋はこれから盛り上がっていくかと思う若い危なっかしい恋であったが、六条御息所の嫉妬のため生霊に夕顔は取り殺されてしまう。

夕顔の女房から事件の後に、夕顔は頭の中将の愛人で三歳の娘がいたことを知らされる。光源氏は時折呵責の念から夕顔の娘のことを気にかけてはいたが、夕顔の侍女を介してその娘が忽然と光源氏の前に現れる。

夕顔の死からすでに十八年が経っていた。

夕顔の娘玉鬘は母の居なくなってしまった京から乳母たちと乳母の夫の赴任先九州に下って行ったが、伝手を求めて京に戻り初瀬の観音様の導きにより光源氏と出会うこととなる。

二十歳を過ぎた玉鬘は、都の姫君とは異なった素朴で健康的な愛らしさで中年の光源氏は惹きつけられる。

父親である頭の中将には内緒にし自分の別れていた娘が見つかったことにして長男夕霧を預けている花散里に預け、高級貴族の姫君としてのたしなみである琴や和歌などを教えていく。

すでに政治の中枢にあって権力は充分にあり、ハーレムのような広大な邸に四季に相応しい愛する女君を住まわせて自由に気の向くままに訪れる、まさに男として最高に贅沢な思いを実現している。

玉鬘の出現は、光源氏に忘れていた若き日の刺激を与え贅沢には限りがなく上を求めていく人間の弱さが露呈されているようであるが、そこが読み手には面白い。

紫式部の出仕している彰子中宮のサロンも天皇も物語の先を楽しみにしていたことだろう。

光源氏は玉鬘をすばらしい姫君に教育し、若き公達たちが、こぞって思いを寄せてくることを楽しみつつ、実のところは今までの女君にはない魅力に取りつかれ始めていて、紫の上はすでにその危なさを察知しているようであった。

玉鬘は小さい頃からの苦労で人の心の機微も分かり応答も気が利いていて、さらに母の夕顔よりも華やかである。

春爛漫の六条院では紫の上の御殿の池に唐風の舟を浮かべて舟上で音楽を奏でる舟祭りが催された。夜を徹して楽しんだ翌日は秋好中宮の御殿で法会が行われ人々はそちらに移る。

光源氏の繁栄の日々が六条院で繰り広げられていく中にあって、若き公達の興味は六条院で大切にされている新しい姫君のことである。

光源氏の弟兵部卿《ひょうぶきょう》の宮、頭の中将の長男柏木、髭黒《ひげくろ》大将と、家柄、将来性、品格のいずれ劣らぬ高級貴族たちが玉鬘に恋文を送って来る。光源氏は父親を装っての後見をいいことに、公達たちの手紙を面白がって批評したり、返事を指導したりして楽しんでいる。

一方で、兵部卿の宮には玉鬘との交際をそそのかす。五月雨の夜、光源氏が書かせた玉鬘の女房の手紙に期待を持って兵部卿の宮は邸を訪れる。夕方からこっそり集めておいた蛍を、玉鬘に近い御簾を持ち上げていきなり放つ。おびただしい蛍の光に照らされ、玉鬘は扇で顔を覆うも兵部卿の宮は美しい玉鬘の横顔を見て魂を奪われてしまう。

蛍の光で薄暗がりに女を一瞬輝かせ、宮の心を迷わせようという光源氏のいたずら心の趣向、と本文で説明している。

電光のない時代にあってあまりにも幻想的で蠱惑的な効果があり、紫式部は豊かな想像力を活かして筆を進めていく。この一件で兵部卿は蛍兵部卿の宮と呼ばれますます玉鬘への恋情が増す。

突然六条院の若きヒロインとなった玉鬘の魅力を原文では

色あひ・つらつきなり。ほほづきなどいふめるやうに、ふくらかにて、髪《かみ》のかゝれるひまく、美《うつく》しうおぼゆ。まみの、あまり、わらかなるぞ、いとしも品高《しなたか》く見えざりける。そのほかは、つゆ、難《なん》つくべくもあらず。

（とても趣のある顔立ち、頬の色つやである。髪のふりかかった間からのぞく頬はほおずきのようにつやつやと丸みがあって、ふっくらとしているのが可愛らしい。目元に愛嬌があってにこやかなのは、いささか上品さにかけるのがどうも。他には全く非の打ち所がない）「野分」の帖

健康的な美しさ、愛嬌のある玉鬘は都の深窓で育った高級貴族の女君にはない魅力に、光源氏は、他の若い公卿に渡してしまうのが惜しくなる。

後見の立場を利用してあれこれと口実を見つけては徐々に言い寄り始め、玉鬘を困らせる。

この「蛍」の帖には、いろいろな物語に夢中になっている玉鬘を前に、光源氏が物語論を語る。要約すると、事実を記述している歴史書と言っても一部に過ぎない。虚構と見せかけている物語、小説の方が人生に起こったあらゆること、真実を書いている。

この物語論は、紫式部の本音で、この心意気が『源氏物語』の本質であろう。

さて玉鬘の裳着《もぎ》の儀（公家の女子が成人したことを一族に知らせる儀式）を行おうと思い立ち、光源氏は実の父である頭の中将に夕顔の娘であることを明かす。

冷泉帝への宮仕えの話もあり、結婚の申込みも多々ある玉鬘は『源氏物語』の中で、十帖もの長きにわたって宮中の華やかな生活をバックに若き公達との恋に、光源氏も加わって読者を楽し

ませ、次回の展開を待ち焦がれるほどの人気シリーズであった。

「真木柱」の帖に入るといきなり

「内《う》（裏《ち》）に、きこしめさむことも、かしこし。しばし、人に、あまねく漏《も》らさじ」と、いさめ聞え給へど、さしも、えつゝみあへ給はず。

（「帝がお聞きになったら、畏れ多い。しばらくは世間に内密にしておくように」と光源氏が注意なさるが、髭黒大将にとっては隠しとおすことなど出来ない）「真木柱」の帖

と光源氏が叱咤しているのは髭黒大将で、参内も決まっていた玉鬘が髭黒大将の手に入ったことが明かされている。

読者にも青天の霹靂の、光源氏のセリフで帖が始まる。

最も嫌っていた髭黒大将の者となってしまった玉鬘は悔恨して沈みきっているが、髭黒大将は皆の狙っていた美しい玉鬘を自分の者とした嬉しさに有頂天である。

面倒を見ている内にいつの間にか他の若者に譲るのが惜しくなった光源氏のショックも大きい。

髭黒大将は承香殿女御の兄という家柄を考えると玉鬘にとっては良い縁談であり、光源氏は政

治家としての深謀遠慮を巡らせて、御殿を修理し張り切っている髭黒大将の元へ玉鬘を盛大に送り出す。

意外な結末に十帖の長きに亘って楽しんだ玉鬘の物語は終了。

続く「梅枝」「藤裏葉」の帖には、光源氏と明石の君の姫君で、紫の上に育てられた明石の姫君が東宮に入内することに決まったことが語られる。

光源氏が外戚の欲望に向けて明石の君から姫君を取り上げて、紫の上の元で皇太子から天皇の后として入内できるだけの教養を積んできた八年間が、ここに報われることとなった。

光源氏に三歳の姫君を渡して以来八年もの間、同じ六条院に住みながらも姫君に一度も会わず我慢した明石の君の思いに、光源氏は姫君の宮中での後見役を任せることとする。

晴れて実の母子が共に住まうことが出来て、明石の君の念願が達せられる。

大堰川の麓での子別れに紅涙を流した読者もほっとしたであろう。

夕霧も頭の中将の娘雲居の雁と幼馴染みである筒井筒の恋を実らせて結婚する。夕霧は中納言に昇進する。

光源氏は准太上天皇《じゅんだいじょうてんのう》に昇進し、皇族と同列となる。

来年は四十歳になる。

ここに光源氏の輝くような半生が大団円を迎え、後にも先にも見られないような栄華を極めて、物語も一区切りとなる。

宮中の華やかな恋愛物語を中心に光源氏の半生をハッピーエンドで収めた「藤裏葉」までを、『源氏物語』の第一部とする。

読後も心地よく、登場した女君も彩り豊かで、私はこの女君が好き、とかこの姫君は哀れなどと読者は自分を投影して楽しんだ。

来年四十の賀を迎えるがなお輝いていて、政治家としても頂点を極めている光源氏であるが、前々からの出家願望が時に心によぎることもある初老の入口であった。

彰子中宮のサロンでは一条天皇が座の中心となって『源氏物語』の朗読に耳を傾ける。この頃すでに光源氏は物語からキャラ立ちし、創作上の人物とは思えぬほどに宮中の人気貴公子となって皆の話の中心人物である。

天皇、中宮、公卿、女房たちが共に語れる話題などそうそうあるものではない。階級の上下、男と女、老若の差などのすべての垣根を取り払って光源氏は宮中を闊歩する。

今、道長が思った以上に光源氏によって一条天皇、彰子中宮、紫式部、公卿、殿上人、後宮が大きな輪になってしっかりと結ばれている。

8

紫式部と道長「大人の恋」をゲーム感覚で楽しむも……

光源氏の活躍で『源氏物語』はついに一条天皇までも虜《とりこ》にし、物語を彰子中宮と共に楽しむべくしきりに彰子中宮の部屋を訪れる。

うちの上の、源氏の物語、人に読ませたまひつつ聞こしめしけるに、「この人は、日本紀《にほんぎ》をこそ読みたるべけれ。まことに才《ざえ》あるべし」と、のたまはせけるを

（帝が『源氏物語』を人に読ませてお聞きになり、「この作者は『日本紀』（日本書紀）を読んでいるはずだ、漢学の学識もあるようだ」と仰せになった）『紫式部日記』

学問好きの一条天皇が紫式部と『源氏物語』を褒めたこの話は、紫式部の勲章であるが、女房たちの中には出仕以来のアンチ紫式部は相変わらずいる。

ことに左衛門内侍《さいもののないし》はこの帝の話を殿上人に言いふらし「日本紀の御局《みつぼね》」のあだ名を頂戴することになるがこれは、ひどく学問を鼻にかけている厭な奴、と言った皮肉もあったようで紫式部は困惑している。

彰子中宮は紫式部に女が学ぶ機会のない漢学、中でも人気のある白居易《はくきょい》の『白氏文集《はくしぶんしゅう》』の二、三句を中宮の前で読ませる。

さらに他の漢詩文も知りたそうである。

中宮という立場では非難されかねない漢籍の学問を周囲をおもんぱかってまで学ぶ必要などない。周りは多勢の女房の目もある。左衛門内侍のような女房たちが、紫式部に意地悪をするだけでなく中宮にまで非難の矛先が向かうことは避けなければならない。

しかし、男の学問と言われる漢籍の書を中宮に指南することなどは非難されること間違いなしと思われるが、中宮が出産した皇子が天皇ともなれば彰子中宮は国母となることを思えば、学問は学べば学ぶだけ本人の宝になる。

紫式部と彰子中宮は意を決して二人だけの秘密の学問部屋を設けたのだ。

中宮に密着している女房たちのいないわずかな隙間時間に二人はさっと寄り添って、人目の無いことを確認して紫式部は『楽府《がふ》』(「漢、唐の詩の形式)二巻の漢書を持ち込み進講する。

中宮としての最高級の学問、音楽、芸術の教養は身につけているが、男の学問の漢書を自ら読むことはなかった中宮は、紫式部の薫陶を喜んで受ける。

自ら学びたい、という志を持つことなど無かった境遇の中宮は自分の意志で紫式部の教養に感嘆し進講を依頼したのだ、どんなにか楽しい時間であったろう。

平安の宮中で彰子中宮と、物語作者ではあっても女房の紫式部が敢然とタッグを組んで、女は知らずともよいと言われた学問に挑んでいたとは一千年後、学問を自由に会得出来る時代にいる現代人から見ると何ともたくましく立派である。

しかしどれだけ秘密にしようとも、後宮の隙間の場所、空き時間などは中宮にはないに等しい。帝にも道長にも二人の秘密の学問時間は知れてしまう。

楽府《がふ》といふ書二巻《にくわん》をぞ、しどけなながら、教へたてきこえさせてはべる、隠しはべり。宮もしのびさせたまひしかど、殿もうちもけしきを知らせたまひて、御書《ふみ》どもをめでたう書かせたまひてぞ、殿はたてまつらせたまふ

（楽府と言う書を二冊、正式ではないがお教えする。むろん隠れて。中宮さまも秘密になさっていたのに道長さまも、帝も様子をお知りになる。道長さまは、さっそく漢籍を能書家に書かせ見事な冊子にして中宮に差し上げなさいます）『紫式部日記』

必死で隠れながら漢書進講する紫式部に、熱心に理解しようとする彰子中宮の姿を知った道長は眉をひそめたであろう公卿などを制して中宮用に書物を書写させる。

一条天皇も道長も「女と学問、教養」に寛容で、当時の最高権力者の男性としては珍しく、時には対等とも言える会話を楽しめる度量を持ち合わせていたことが、千年以上の長きに亘って世界的に読み継がれる『源氏物語』『枕草子』などを輩出した大きな要因である。

彰子中宮のサロンが文学的、芸術的に秀逸な集まりとして『源氏物語』を生むことになったのは、男たちが阻止出来ないほどに二人がタッグを組んで後宮を高みに持ち上げて行ったことが大きい。

光源氏のモデルは道長ではないか、と誰言うともなく噂になると道長にしても、この世には並ぶ者無く輝く貴公子に似ていると言われれば悪い気はしないばかりかそういえばそうかもしれない、紫式部は自分に好意以上の思いを抱いているようだ、と少々の思い上がりも加わってうぬぼれている。

彰子中宮に皇子が生まれ一条天皇もなにかと道長を信頼している。政事の中枢で思う存分に腕を発揮しているがさらに外戚の夢が実現に向けて大きく動き出す。

ここまでの道筋に紫式部が光源氏というキャラを一人歩きさせるほどの筆力をもって、彰子中宮のサロンを確固たるものにした功績は、男には出来ない、と道長は認めている。

女房たちは道長の剛腕によって貴族の姫君、女君を選りすぐって宮仕えしている者ばかりであるが、女房としての基準とは異にして紫式部の教養、筆力は文章博士《もんじょうはかせ》（大学寮で中国正史などの教授）以上である。

皇子を出産して里帰りしていた彰子中宮が、道長の土御門邸から内裏へ戻る日も近付いたころ、中宮へのお土産品として『源氏物語』を製本する作業が行われる。

連日、中宮の前で草稿本に清書用の色とりどりの紙が用意され、能筆家に配って書写を依頼する。書き上がったものを集めて綴じる、そうした作業の主任役は当然紫式部である。

道長は上質の薄い鳥《とり》の子紙《こがみ》や墨、筆、硯などを持参し、邸中が『源氏物語』の冊子作りで大わらわの様子。

このどさくさに紛れての道長と紫式部のエピソードを原文で

局《つぼね》に、物語の本どもとりにやりて隠しおきたるを、御前にあるほどに、やをらおはしまいて、

あさらせたまひて、みな内侍の督《かん》の殿にたてまつりたまひてけり。よろしう書きかへたりしは、みなひき失ひて、心もとなき名をぞとりはべりけむかし。

（里に置いてあった『源氏物語』の本を取りに行かせて自分の局に隠して置いた物を、私が中宮の前に行っている間に、道長様がこっそり私の局で探して持ち出し、次女の妍子様に献上なさってしまった。まだ下書き程度の所もあり、これが流布してしまったら芳しくない評判が立ったでしょうね）『紫式部日記』

この時期の『源氏物語』が大層な人気を得ている様子が伝わる。

道長には彰子中宮に続き、次女妍子《けんし》を東宮の妃として入内させたい望みがあり『源氏物語』を読ませておきたいとこっそり持ち出したようだ。

道長、紫式部は光源氏をはさんで、実に濃厚な良い関係が保たれている。

梅の実のなるころに『源氏物語』が中宮の前に置かれているのを見て、とりとめのない冗談を言いつつ訪れた道長は梅の下に敷かれている紙の横に

すきものと名にし立てれば見る人のをらで過ぐるはあらじとぞ思ふ

たまはせたれば、
「人にまだをられぬものを誰かこのすきものぞとは口ならしけむ
めざましう」と聞こゆ。
（あだっぽい女と評判が立っているあなたを、口説かない男はいないでしょう。
という歌を道長さまが下さったので
「とんでもない、言い寄られたことなどないのに誰が浮気者などと評判をたてるのでしょう、
失礼な」と軽くにらむ）『紫式部日記』

と、軽口を言い合って、互いに楽しんでいる。
大人の恋の戯れを楽しめるほどに二人とも充実している頃である。外戚になれる望みの叶った道長の欲望の一端を担った自負が紫式部にも自信となって、宮仕えに余裕が見られる。

渡殿に寝たる夜、戸をたたく人ありと聞けど、おそろしさに、音もせで明かしたるつとめて、
夜もすがら水鶏よりけになくなくぞまきの戸口にたたきわびつる
返し、

ただならじとばかりたたく水鶏ゆゑあけてはいかにくやしからまし

（渡殿の局の戸を叩く者があった。恐ろしくてじっとして黙っていると、翌朝左大臣から歌が届く

一晩中、水鶏よりも激しく泣きながら真木の戸口を叩きあぐねたことよ

返し歌は

ただごととは思われないほど叩く戸を、もしも開けてしまったらどんなにか悔しい思いをしたでしょう）『紫式部日記』

こうした恋人同志のような道長と紫式部の歌の贈答から、紫式部は道長の愛人、妾であったのではないか、との説もある。

が、道長には正妻に左大臣源雅信の娘倫子、翌年に源高明の娘明子と結婚し、それぞれ六人の子を儲け、愛人もいる。

紫式部は、道長を光源氏のモデルと思っていた部分はあるかもしれないものの、自分の作家としての才能を認め、投資を惜しまず実行してくれる政治力のあるパトロンとして大切に思っていたが、妻、側室、愛人たちの間に入ろうなどとは、「この世は憂き事」と常に思っていずれ出家し

たいとすら思っているので道長との恋愛関係には現実ではある距離感を保っていた。

彰子中宮の局であり、それでなくてもアンチも多い中で、道長の愛人などとなれば中宮との間もこじれかねない。

一方、道長にとっては今は彰子中宮のサロンの天皇にも一目置かれている突出した存在の紫式部にはこのまましばらく中心にいて、強力な王朝サロンを確固たるものにしていって欲しい。

道長は女の泣き所も、舞い上がり所も心得た百戦錬磨の強者である。

紫式部を文学者として褒めたたえて後援し、名声を広めて感謝とするには充分過ぎるほどである。

さらに恋文風な文や歌も贈っている。

紫式部は大人の遊びとしてしゃれた返歌をしている。

互いに手の内を読み取っているが、この均衡がいずれかに片寄り始めると今の宮中での満ち足りた幸せは崩れる、紫式部はそのことを怖れている。

宴会などが終われば闇が宮中を静かに大きく包む。

道長がたわむれに紫式部の局を訪うも音沙汰がない。

道長の訪れに扉を開けないことは女房としてあり得ないこと。たわむれかと思っても二度、三度ともなれば道長に恥をかかせていることにもなりかねない。紫式部としても未だに道長へのあこがれは心に大きく占めている。文学者としては認められているが女としては数えられていないとすれば、それはそれで傷付くことかもしれない。

紫式部の心身のバランスは自分でも推し量れぬほど難しい立ち位置にいる。

二人の大人の愛が行き至ったとしても不思議ではない一夜であった。が、紫式部は、宣孝の時のようにその愛に寄りかかったり、頼り切ったり、嫉妬するようなことは決してすまいと心に誓っている。

今道長との愛は己の意思がかなり強く入り込んでいて自分の力で愛の舵取りが出来る。

道長の愛人、妾などとは異なった関係なのだ、と紫式部は思う。

道長にしても愛人にしようなどとは露ほども思っていなかった。

一条天皇の後宮彰子中宮のサロンは道長にとっては己のテリトリーなのだ。その中に入っている紫式部は当然自分の手の中に収まっていなければならない。道長の男としての政治家としての落としどころであっただろう。

むろん他の女房たちや愛人とは一線を画しているが。

その夜以降も二人のパトロンと作家という心地よい関係は崩れることなく、『源氏物語』はなお人気を博して進んでいく。

9 光源氏、二十六歳年下の女三の宮との結婚の勘違い

「藤裏葉」の帖で准太上天皇に昇り、六条院に好みの女君を住まわせ、長男の夕霧は結婚し、明石の姫君が東宮に入内するなど公私ともに万々歳の栄華を極めた光源氏は三十九歳になる。

来年は四十の賀、現代の還暦の頃である。

「若菜上」の帖では朱雀帝が体調不良のため譲位して出家したいが、愛娘の女三の宮の処遇に迷っている所から話が始まる。

朱雀帝は若い公達の誰をみても危なっかしくて、女三の宮を託す気になれず光源氏が良いのではないかと打診する。

光源氏は一度は断るものの女三の宮が藤壺の姪に当たることに形代《かたしろ》としての思いがよぎり、帝からの話では断れないと理屈をつけて承諾する。

朱雀帝が若い公達よりも光源氏を信じ、彼も己の齢を顧みず二十六歳も若い宮との結婚に心を

弾ませる。

この結婚話を光源氏から聞いた紫の上は今まで内外に正妻同様の扱いを受けていただけに大ショックである。幼児期からずっと光源氏と暮らし、妻となって幸せと思っていたがやはり自分には帰る里や後ろ盾のないことを思い知らされ、彼を頼る以外に居場所のない自分を不憫にも哀れにも思う。

女三の宮は天皇の皇女であり、あまりにも自分とは立場が違い、嫉妬したり光源氏を問い詰めることすらおこがましいと、紫の上は六条院へ女三の宮が降嫁される準備が行われるのをさりげない風を装っている。

「帝の病が重いからお気の毒でお断りできなくてね」

と光源氏は紫の上の前では取り繕うものの、紫の上は今までの光源氏への信頼が失せ、急に自分自身の行く末がどうなるのかと不安になる。

年が明けて、光源氏の四十の賀が髭黒大将と結婚した玉鬘から初子《はつね》の日の若菜の贈答とともに催される。

「玉鬘十帖」と言われるほどに若き公達や光源氏までも魅了し長く読者を惹きつけたが、本人はもとより誰もが予期せぬ髭黒大将と結婚した玉鬘が、幼子を二人連れて光源氏の賀宴を催す。

夫髭黒大将の経済的に豊かなことが実証され、玉鬘が恵まれた結婚に落ち着いていることに賀宴の賑わいから光源氏も読者も納得する。

光源氏は、藤壺の姪ということと十四歳の若さに魅了されて女三の宮と結婚したが、女三の宮は父朱雀帝に大切に育てられ苦労知らずで、若いというよりも幼過ぎて打てば響く紫の上の幼い頃とは比べものにならず、体も成熟した女性からはほど遠く華奢な少女である。あどけなくて張り合いがない。

女三の宮にしても父と同じ年頃であっても父のように甘えられる雰囲気はなく、夫というよりは「怖いおじ様」と言う感じであったろう。

朱雀帝にしても光源氏にしても若者は未熟で、皇女の後見など不可能と決めて掛かっているが、未熟同志であっても互いにこの先の希望を目指して進んでいく青い勢いがある。

文字が下手でも、和歌の詠みぶりが幼くても若者同志ならば一向に気にせず上手くなっていけるのびしろがある。

が、光源氏は下手、幼い、賢くないと自分の判断のみで一刀両断である。

それだけ、彼も年を取って頭が固くなっている。

一夜にして、光源氏は女三の宮との結婚に後悔する。

女三の宮の元へ出かける光源氏の衣装に、紫の上は香を薫き込む

初老での勇み足が取り返しの付かない事になってしまった。

かと言って、朱雀帝からのたっての願いで了承した結婚である。気に入らないからといって訪れないわけには行かない。

女三の宮の降嫁は、六条院へ女房を六十人連れてのお輿入れである。光源氏もしっかりと見張られているようで粗略には扱えない。

女三の宮を何とか教育したく、何から何まで注意をし教え諭したくなる。

かなり気の重い女三の宮の処遇でもあり、結婚を承諾したころの、青春を取り戻したい、取り戻せるかもしれないとの男の身勝手から抱いていた欲望、希望は雲散霧消していた。

こうした光源氏の心の経緯を紫の上は知る由も

ない。

何かと口実をつけ、言い訳をしつつ光源氏が女三の宮の寝所を訪れるために、衣装に香を薫《た》き込めて整え、何食わぬ顔で送り出す。一人寝に涙する。

自分の心を素直に語れず相反する行為を続けることは、現代で言うストレスになり心身が押しつぶされ疲弊していく。

紫の上は病がちになっていく。

朱雀帝は愛娘の女三の宮を光源氏に託せたことに安堵し、出家し朱雀院となる。

東宮に入内した明石の姫君が出産のため六条院へ里帰りする。皇子を出産すれば行く末は外戚となる、と光源氏はまた一つ階段を昇った気持ちになる。

三月のうららかな日六条院の庭に若き公達が光源氏を訪ね、話している内に蹴鞠をすることに。

夕霧大将、柏木衛門督《えもんのかみ》、蛍兵部卿の宮などそうそうたるメンバーであり、蹴鞠の騒々しさに女三の宮の部屋も御簾近くに女房たちが集まって蹴鞠をする公達に見とれている。

女三の宮の女房たちは、紫の上の女房たちよりも慎みがなく、御簾の外に華やかな裾などが乱れ出てなまめかしく近付きやすくさえ感じる。

柏木は若い時に女三の宮に恋い焦がれて、妻にと朱雀帝に願い出たが頼りないと一蹴されている。

が、あきらめきれず蹴鞠の機会に女三の宮の部屋をちらちらと気にしている。

光源氏が紫の上ほどには女三の宮を愛していない、と侍女たちからの話を手前勝手に想像して年取った光源氏との結婚を気の毒に思っている。若い自分との結婚だったら女三の宮もどんなにか幸せだったろうに、と若者らしく甘美な夢想をしている。

さらに光源氏といえども近い内に出家するかもしれない、そうしたら女三の宮は自分がお世話しよう、などと妄執がエスカレートしているのである。

春の風で桜吹雪が舞う中で若き公達の賑やかな蹴鞠の音が響き、御簾近くで女三の宮の女房たちも夢中になって見入っている。

その時、女三の宮が可愛がっている小さな唐猫が大きい猫に追いかけられて御簾の外に出ようとした拍子に体に付けられていた紐が絡んで御簾を持ち上げてしまう。蹴鞠に見とれて夢中になっていた女房たちも驚き右往左往するばかりで部屋の中が若き公達に丸見えとなる。


几帳《きちゃう》のきは、すこし入《い》りたる程に、袿姿《うちきすがた》にて立《た》ち給へる人あり。階《はし》とり西《にし》の二の間《ま》の東《ひんがし》のそばなれば、まぎれ所もなく、あらはに見入《い》れらる。紅梅《こうばい》にやあらん、濃《こ》き、薄《うす》き、すぎ〳〵に、あまた重《かさ》なりたるけぢめ、花《はな》やかに、草子《さうし》のつまのやうに見えて、櫻《さくら》の、織物《おり》の細長《ほそなが》なるべし。御髪《ぐし》の、すそまでけざやかに見ゆるは、糸《いと》を縒《よ》りかけたるやうに靡《なび》きて、裾《すそ》の房《ふさ》やかにそがれたる、いと美《うつく》しげにて、七八寸ばかりぞ、餘《あま》り給へる。御衣《ぞ》の、裾《すそ》がちに、いと細《ほそ》く、ささやかにて、姿《すがた》つき、髪《かみ》のかゝり給へるそば目《め》、いひ知《し》らず、あてにらうたげなり。夕《ゆふ》かげなれば、さやかならず、奥《おく》、暗《くら》き心ちするも、いと飽《あ》かずくちをし。

(几帳の際から少し奥に入った所に袿姿でお立ちになっている人がいる。寝殿の南正面の階段から西側の二の間の東の端であるから、柱と柱の間なので、隠れようもなくはっきりと見える。

紅梅襲《かさね》か濃い色薄い色を次々に重ね、色の鮮やかさは一枚一枚色とりどりに合わせた草子の小口に見える。上着は桜襲の細長。

御髪の裾までくっきりと見える。御髪は糸を縒りかけたように後ろになびき、裾がふさふさとした感じに切りそろえてあるのがとても愛らしい感じで、身丈よりも七、八寸も長い。きゃしゃで小柄なので、髪の降りかかっている横顔は何とも言いようのないほど上品で可憐である。

夕暮れの薄明りで、部屋の奥の方がかすんでいるのが物足りなくいつまでも見ていたいが残念だ。）「若菜上」

柏木が東の間に女三の宮を見て、顔の様子、髪の掛り具合、衣装の色重ねの様子などを細かく詳しくしっかりと頭に心にインプットしている様を紫式部は柏木の心に寄り添って、詳しく長々と描写していく。

読者もいつの間にか女三の宮の全体像を文章なのに、まるで色彩のついた映像を見ているようにしっかりと形作っている。

それほど、唐猫が巻き上げた御簾の奥に立った女三の宮の姿は柏木にとって、自分の理想としていた女君はやはり彼女であったと確信する瞬間であり、若い時に降嫁を許されなかった無念さ、もし願いが叶うなら今一度もう少し間近で逢ってみたい。

妄想と現実とが綯《な》い交《ま》ぜになって心を奪われて茫然と立ちすくんでいる柏木を困惑して見ている夕霧。

夕霧が咳払いをすると、女三の宮も奥へ下がり女房たちも御簾を元へ戻す。

光源氏が常に心配していたように、女三の宮は幼く女房たちは締まりがない。

柏木は女三の宮の女房の小侍従を介して彼女に恋文を贈るが、女三の宮は先日の蹴鞠の日、御簾が上がって姿を見られたそのことを光源氏が知ったらどんなに叱られるかと子供のように恐れる。

「若菜上」に入って、あの輝かしく、楽しく明るい宮中の恋物語が一変し、女三の宮の降嫁によって引き起こされる光源氏、紫の上、柏木、女三の宮などの行動だけではなく、心理描写が主体となって、近代小説を読みなれた現代の読者にはとても面白いが、一千年以上前にこうした物語を聞き語りで耳にしたり、読んだ女房たちは新鮮な驚きと喜びにわくわくして興奮したのではないか。

一条天皇、彰子中宮のサロンは読み巧者、聞き巧者がいて、紫式部の凄腕にぐんぐん惹きつけられ次を期待していて、『源氏物語』の第二部と言われる「若菜上」から「若菜下」にかけての期待感が高まる。

「若菜下」に入ると柏木の女三の宮への妄執はますます高まり、唐猫を借り受けて女三の宮の代わりとばかりに猫を愛でる様子はやや滑稽味も帯びてくる。

朱雀院が五十の賀を迎えるに当たって光源氏は愛娘の女三の宮を交えて、女楽《おんながく》での歓待を思いつく。

女三の宮は光源氏の薫陶で腕を上げた琴《きん》、明石の君は琵琶《びわ》、紫の上は和琴《わごん》、明石女御には箏《そう》の琴と自分の秘蔵の楽器を貸して演奏をする。黄昏時に咲く白梅の香が漂い御殿での女楽は見事な調和で光源氏は満足する。

女楽の終わったあと、しばらくして紫の上は病に倒れる。

光源氏は取り乱し、詰めている高僧もいたわしく思うほどで、加持祈禱にも熱が入る。

紫の上は出家を願うが、光源氏は許さない。

紫の上はかつての住まいの二条院での養生を望み六条院から移る。

女楽の練習の頃には手ほどきと称して、毎晩女三の宮の元へ通っていた光源氏も今は紫の上が気がかりで二条院から離れられない。

さて、唐猫を女三の宮に見たてて可愛がっている柏木であるが中納言に昇進し、帝の信任も厚く若手のホープとして夕霧とともに今をときめく公達となっている。

蹴鞠の折りに女三の宮に魅了されてから四年の歳月が流れても一向に恋心は変わらない。女三の宮の乳母と柏木の乳母が縁戚だったこともあり、幼少のころからの女三の宮の様子を聞く内に恋心を抱くようになり、朱雀帝に結婚を申し込むものの断られる、という経緯があっても思いきることが出来なかったところへ、蹴鞠の日の一件で想いは募る。

柏木は女三の宮の姉の女二の宮を妻として迎えるも、姉妹なのに女三の宮の魅力を妻には感じることが出来ずかえって女三の宮への思慕は増していく。

女三の宮の小侍従に、物越しに自分の思いを語るだけでよいのだ、と幾度も伝える。

このところ光源氏は二条院の紫の上につきっきりで、女三の宮はほうって置かれて不憫、一目だけでもよいから等々柏木は訴える。

光源氏の正妻の女三の宮に何と大それたことを、と柏木を諭していた小侍従も、柏木に同情して人目のない折りを見つけて柏木に手紙を出す。

喜び勇んだ柏木は、むろん物越しに一目でもと思っていただけなのに、光源氏の訪れのない御殿はひっそりとしていて、以前から光源氏や夕霧が女三の宮の女房たちは締まりに欠けると懸念していたことがここでも露呈されたのかもしれない。

柏木は何と女三の宮の寝所に難なく入り込めてしまったのだ。

女三の宮は、夢うつつに光源氏の訪れかと思い、まさか他の男が寝所に滑り込んできたとは露ほども思わない。

が、夫の光源氏がこっそりと忍び込んで来る事など有り得ない。

光源氏の訪れとなれば女房たちに動きがあり、屋敷中がにぎにぎしくなるはずである。

おかしい、いつもと違うとなればさっと身を隠すなり、逆にあなたは誰と問うなりの毅然とした身の処し方が、女三の宮にはなかった。

一方柏木は生身の女三の宮が手の届くところにいることに、理性が完全に崩壊してしまう。自分の思いがこらえきれず申し訳ないなどと言いつつも一夜を過ごしてしまい、女三の宮はこんなことが光源氏に知れたらと思うと、ただただ怖くて震えて泣いてばかりいる。

明け始めたほの暗い景色を見て柏木の詠んだ歌

おきて行く空も知《し》られぬ明《あ》けぐれにいづくの露のかゝる袖なり

と、ひき出《い》でゝ、うれへ聞《きこ》ゆれば、いでなむとするに、すこし慰《なぐさ》め給ひて、

あけぐれの空に憂き身は消《き》えなゝん夢なりけりと見てもやむべく

と、はかなげにの給ふ聲《こゑ》の、若《わか》く、をかしげなるを、聞《き》きさすやうにて、出《い》でぬる、たましひは、ま事に、身を離《はな》れて、とまりぬる心ちす。

（起きてあてもなく出ていく夜明けの薄暗がりに、私の袖はどこの露にかかって濡れたのか、あなた故に涙で濡れている

と、柏木は袖を引き出して切なく訴えるが、女三の宮は男が出て行くのだとほっとして

夜明けの暗い空に辛いこの身は消えてしまいたい、あのいまわしい出来事は夢であったとすませるように
頼りなさそうにおっしゃる若々しく美しい声をお終いまで聞かずに急ぎ出てしまった柏木の魂は古歌にもあるように、身を離れて女三の宮の元に留まってしまっている気がする）「若菜下」の帖

若き激情で突っ走って積年の恋情の思いは遂げたものの、最高権力者の光源氏の正妻との過ちとなれば、光源氏に睨まれ嫌われるようなことになり、とても恐ろしい。と柏木は犯した罪の大きさに、人と会うことすら怖くて外にも出られない。

一方、紫の上の病状は芳しくないが光源氏が女三の宮を久方ぶりに訪ねている最中に紫の上が息を引き取ったとの知らせを受け、急ぎ二条院の紫の上の元に引き返す。

もしや蘇生することもあるかと加持祈禱を続ける内に、物の怪が現れ、

「この世で生きていた時、他の女より見下げてひねくれた厭な女だと言っていたのは恨めしくて、本当はあなたに憑りつきたいのに、神仏のご加護が強くて憑りつけない。あなたへの恋の恨みが心身に染みついて取れないのです」

との声や様子はまさしく六条御息所。

いつまでも自分の周りに憑りつく六条御息所の死霊に、女の妄執の強さに、光源氏はやりきれない思いであるが、物の怪が調伏され、紫の上は何とか蘇生し安堵する。

光源氏の元に、女三の宮の加減が悪いとの知らせが六条院よりあり、紫の上の元を離れるのは不安でもあるが、女三の宮を訪ねる。

女房から、懐妊かもしれないと聞き、このところ間遠で自分も年であることなど懐疑的でもあるが、少し間を置いている間に女三の宮の恥じらう様子が大人っぽく好ましく感じられる。

すぐにも紫の上の元に戻ろうと思っていた光源氏に珍しくも女三の宮が甘えるような仕草を見せる。

「「月待《ま》ちて」ともいふなる物を」

(「月の出までもうしばらくお過ごしください」と古歌にも詠われていますのに)「若紫下」

可憐さに光源氏はその夜女三の宮の元で過ごす。

柏木も小侍従から懐妊の話を聞くと、自分の子供と確信する。

ますます女三の宮との逢瀬を期待し、小侍従が困惑するほどに文を出すが逢うことはかなわない。

昨日小侍従が女三の宮に柏木からの手紙を渡したところへ光源氏の訪れとなり、女三の宮は茵《しとね》（敷物）の下に柏木からの見たくもない文を隠す。

翌朝、光源氏が茵の下からちらりと覗く恋文用の文を不思議に思い、柏木と女三の宮の密通を知ることとなる。

さらに、光源氏が文を見てしまったことを小侍従が知って女三の宮に話し、柏木も光源氏が自分と女三の宮との不義密通を知ってしまったことを知る。

女三の宮は光源氏が怖くて泣くばかりであるが、柏木は宮中に顔を出すことも出来ず病に伏し、生きてはいけないとすら思う。

光源氏は、息子の夕霧とともに将来の政事を背負っていく優秀な若者として目をかけていた柏木がよくもまあ、露骨な恋文を書けたものだ、不用意なことよ。

女三の宮は降嫁という身分を考え、丁重に大切にしてきたのにまさか柏木風情の男に心を移すとは。

と、二人を侮蔑し、一人で悪態をついてみても気は晴れない。

かつて自分が若い時に父桐壺帝の藤壺女御と密通したことを桐壺帝はご存知で、知らぬふりをしていたのだろうかと思い何とも恐ろしい過失であった、と慄然とする。

人目のある所では懐妊を気遣って、加持祈禱なども行って大切にしているが、二人になるとねちねちと嫌がらせを言う光源氏に女三の宮は身の置き所がなくただ怖くて泣いている。

柏木の名は出さずともろもろ説教した後、

「若い時には年寄りのお節介と思ってうとましく聞き流していたのに、自分がそれを言うようになって、さぞいやな爺、煩わしい年寄りの繰り言とますます嫌いになったでしょうね」

と若き二人に引け目も感じ、自嘲気味に言う。

十二月になり、朱雀院の五十の賀の舞いの稽古が賑やかに行われる。夕霧をはじめ皆集うのに、柏木は光源氏と顔を合わせるのが恐ろしく病を理由に欠席したいと申し出る。

光源氏は参加するようにと手紙を出す。

辛さをこらえて参加した柏木を、光源氏は御簾の奥からじっと観察する。

痩せに痩せて顔が青ざめていると思うが表面は何事もないように病を気遣って優しい言葉を掛ける。

柏木は一刻も早く光源氏の前を離れたい。

舞楽の後は宴席となり、光源氏は柏木の傍らに来ると空酔いして柏木に盃を勧める。

「すぐる齢《よはひ》にそへて、酔《ゑ》ひ泣《な》きこそ、とどめ難《がた》きわざなりけれ。衛門の督、心とどめてほほ笑《ゑ》まるる、いと、心恥《は》づかしや。さりとも、今しばしならむ。さかさまに行《ゆ》かぬ年月よ。老《お》いは、えのがれぬわざなり」

とて、うち見《み》やり給ふ

（「年を取ると酔い泣きしてだらしないね。柏木衛門の督に、そんな私を見られて老いぼれと笑われるのが恥ずかしいよ、でもあなたの若さだってしばらくのことだよ。年月は決して逆さまには流れないもの。老いからはどんなにしても逃れられないものだ。」と柏木を見据えてじっとご覧になる）「若菜下」の帖

柏木は胸苦しくなり、何とか抜け出すものの、もう光源氏に睨まれては宮中で、都で生きることが出来ないと思い詰め、何も知らない父の頭の中将が何故このようなことにと不審がる中、病は悪化し衰えていく。

次世代のホープの柏木の病には皆驚き、見舞いに参上するものが多い。

帝も朱雀院も見舞いの使者を送る。

光源氏も柏木と父頭の中将にたびたび丁重な見舞いをする。

光源氏はそうした気分になれないのを押し隠して、朱雀院の五十の賀を立派に滞りなく取り仕切った。


ここで「若菜下」の帖はお終い。

あの輝かしい光る君と呼ばれた頃から、准太上天皇となって、皇族と並び政事の総ても掌握し、ハーレムのように好みの女性を住まわせている六条院を築き、娘の明石の姫君は東宮に入内、息子の夕霧も結婚と、すべて万々歳、めでたし、めでたしで終わった「藤裏葉」。

それが四十の賀を迎えて、朱雀帝から、愛娘の女三の宮の降嫁の話を受け入れる所でもまだまだ上昇気運に乗っているのかと思って華やかな物語を期待した読者は、少しずつ風向きが怪しくなり始めたことに驚いたであろう。

年若い女三の宮を、同年配の若き公達ことに情熱的に降嫁を申し入れた柏木を、頼りないと受け入れずに、自分と変わらない年齢の光源氏に降嫁を申し入れた朱雀帝の大きな間違いにより、今一度若さを取り戻せると期待する光源氏。

「若菜上」であの光源氏にも老いが忍び寄っていることを知らしめ『源氏物語』という夢物語は、するすると読者近辺の現実生活に近付いてくる。

「私は何をしても許される者です」

と不遜に言い、あながちな恋を成就させ女君を泣かせたり、妄執に追い詰めたりして煌びやかな恋愛を楽しんだ。

それがこともあろうに正妻を寝取られるという失態に、自分たちと同様に光源氏にも老いが忍び寄り、平然と老いと並走する姿を見せるのかと思いきや、不安におののいて焦り、若き者に嫉妬してじたばたする光源氏に読者は始めは驚き、受け入れ難かったのではないか。

作者紫式部は、楽しい恋物語の読み巧者だった読者にも、光源氏にも容赦しない。愛の深みへと導いていく。

近代小説は、苦悩や心の影にスポットを当てて読者も心理描写を読み解くことに満足感を覚えるが、当時は主人公の心の襞《ひだ》や胸の奥に潜む心理を描いたり、読み解いたりする物語は存在していない。

物語の主人公はあくまで架空の優れた者であることが望ましいのだ。

一条天皇も、彰子中宮、女房たち、道長までも「藤裏葉」までで、充分に物語を楽しみ享受したのだ。

しかし、あの「光源氏」が生の限界を知って老いの近付くのを怖れ始める、自分たちと同じ悩みに降りた彼に皆引き込まれ始める。

今までの物語には無い、主人公の心の奥深くまでを突き詰めて明らかにしていく、それも日記などではなく創作という手段で読者を引っ張って行こうとする紫式部の作家としての才能と心意気が、『源氏物語』の第二部と言われる「若菜上」以降である。

最初は戸惑っても、この頃の王朝サロンには今までの積み重ねの文学、芸術の力があり、読み巧者が多い。

男と女、老いと若さ、好運と悲運を追及していく物語の登場人物たちに一喜一憂し始めると自分自身を重ね合わせ、物語に没頭し嵌《はま》っていく。

現代のように印刷もコピーもない時代であるのに書写したものを借りて読んだり、中には自分で書写する者もいて『源氏物語』は老若男女、階級の差を問わず宮中から都中に圧倒的な人気で拡がっていく。

10

紫式部、「キャリアウーマン」としても存在感を示す

中宮の女房の大きな仕事の一つに、客人を中宮に取り次ぐという役目がある。中宮は自ら客人と直接話すことはなく、取次ぐ女房を介して会話する仕組みである。客人といっても中宮にお目通り願うか、用事がある者と言えば高級貴族、最上級官僚である。紫式部が取次ぎを任されていた一人に、藤原実資《さねすけ》がいる。

実資は村上天皇の時世の天徳《てんとく》元年（九五七年）に生まれ、道長よりも九歳年長である。道長の祖父の兄の孫で、勢いのある藤原北家で名門小野宮《おののみや》流《りゅう》を背負っていると言う自負がある。北家の九条《くじょう》流《りゅう》の道長の栄華に遠く及ばなくなってしまった実資は鬱々とした思いを常に抱いていたが、実資の曽祖父関白太政大臣忠平《ただひら》の日記「貞信公記《ていしんこうき》」、祖父の関白実頼《さねより》の日記「清慎公記《せいしんこうき》」を記した日記の家系として知られる。当時の公卿の日記は公的な記録が主体で朝廷儀式の次第、政務の手続き、政治情勢などや有職故実（朝廷内の儀式、法令、習慣など）についても記され、実資も二

十歳から日記「小右記」を毎日記し始める。

その日の宮廷行事に出席した人物、衣装なども細かく記しているのは、日記家系の血筋であろうか。

その頃の公卿は、宮中儀式で誤った所作をすればたちまち噂となって恥をかき家名に傷がつきかねない。

大きな儀式、行事となれば実資にお伺いを立てる者もいて何しろ曽祖父、祖父と代々に亘っての有職故実から、儀式の式次第、行事の様子まで実資の身にはぎっしりと蓄積されているのだから、道長もいざと言う時には実資に聞き重用している。

その方面では重宝されて皆一目置く存在であるが、道長の権勢に遠く及ばないことが日記の所々に私憤を交えた記述があり、時に正論もあるが、道長の無理に押し通していく出世街道を痛烈に批判もしている。

「勤勉な上達部《かんだちめ》とは左大臣のために働くことなのか」

「公卿とは道長に仕えることか」

など皮肉嫌味たっぷりに記している。

道長にしてみれば宮廷一の知識人である実資を一目置いていても、左大臣としての政務を痛烈に批判され悪口を書かれていては面白いはずはなく、苦手意識は強く敬遠したい人物。

しかし実資の博識は天皇、中宮にも必要な事柄が多く、家系からいっても有益であり、道長は実資と彰子中宮との取次ぎ役には苦慮していただろう。

一流貴族の姫君を集めている女房たちなので家系、美貌、教養は備わっているとはいえ、実資の博識の伝言を理解し、中宮に間違いなく取次ぎ、さらに中宮の考えを一分も違えずに実資に伝えるには並大抵の女房の素養では難しい役である。

少しでもミスがあれば、あの実資のことであるから、彰子中宮の女房たちは頭が悪い、役に立たないと怒りそうだ。さらに彰子中宮にまで悪口が及んではならない。

道長はこの難しい取次ぎ役に豊かな教養のある紫式部を任じた。

紫式部は、教養が幅広く礼儀正しい実資に好意を持っている。

実資も打てば響く間違いのない取次ぎ方の女房として、紫式部を頼りにしている。時にシニカルに他人を見るような性格も似ているのかもしれない。

実資が中宮に取次ぎを申し出ても紫式部が不在でがっかりする記述もあり、二人の相性はとてもよかったようである。

さらにそうした相性は、彰子中宮にも伝播していったようで彰子中宮は実資の儀式次第を褒め、実資が涙して喜んだこともあり紫式部の取次ぎの仕事は順調であったようだ。『源氏物語』の作家として執筆することが道長から課せられた仕事であるが女房としての仕事を何もしなければ、サロンの中では孤立していきそうである。実資はキャリアのある女房たちでもお目付け役のようで怖い。取次ぎ役を任ぜられるのは敬遠したい客人である。

この一級客人の取次ぎ役を紫式部が引き受けたのだから、皆安堵した。

紫式部に敵意を抱いているキャリアウーマンたちもこの件では退かざるをえず、紫式部はキャリアウーマンとしても確固たる地位を確立した。

彰子中宮は第一子出産後、年子で皇子を出産し、道長の外戚は盤石なものとなる。

中宮出産については道長の日記『御堂関白記』、藤原行成《ゆきなり》の記した『権記《ごんき》』、実資の『小右記』などにも記載されているものの、男性では産前産後の中宮の様子や、祝宴に集まった人々の所作などは書き記されてはいないので、道長が、紫式部に執筆を依頼したのは、的を射ていた。

この出産の記録は、当然他人に公開されることを道長も紫式部自身も心得ていた部分であろうが、『紫式部日記』には、中宮の出産から産養いの祝宴、皇子五十日《いか》の夜の祝宴に道長が大層酔って冗談を楽しんでいた宴の雰囲気が記され、彰子中宮が宮中に戻られるのに当たって、『源氏物語』の冊子作りを皆で大わらわに行っている辺りで、一応出産関連は終了。

男性の公卿の日記は公的な記述が多いが、この頃の女性の日記は私的な生活感情を吐露したものが多い。

『紫式部日記』は散逸したり抜け落ちた部分や前後がつながらないなど不明な部分もあるが彰子中宮出産関連の記録の後、消息文という形で誰かと手紙を出し合うような形をとって思いのまま書き連ねた宮仕えでの同僚の女房たちの批評が綴られている。

仲の良かった同僚の批評は当たりが穏やかであるが、後の世までも名が残されている和泉式部《いずみしきぶ》にはライバル感に加えて、華やかな恋愛関係や同僚の女房たちにも人気があったことへのコンプレックスからか、手厳しい。

和泉式部の文章の才能を認めた後

人のよみたらむ歌、難じことわりゐたらむは、いでやさまで心は得じ、口にいと歌のよまるるなめりとぞ、見えたるすぢにはべるかし。はづかしげの歌よみやとはおぼえはべらず。

（人が詠んだ歌を非難し批評して論じているが、あまり歌というものが分かっていないようだ。歌がつい口に出てくる、と言った類の歌人でしょう。こちらが恥ずかしくなるような立派な

歌人ではありません）『紫式部日記』

また清少納言についても容赦しない。

『枕草子』の作者清少納言は、定子中宮に仕えたが、定子が亡くなった長保三年（一〇〇一年）には退出し、紫式部が出仕する五年前に宮中を去っている。

定子中宮は一条天皇の寵愛が並々ならぬものであり、定子のサロンは清少納言の才気煥発で明るく活気に満ちて文学、芸術嗜好の一条天皇を楽しませ、紫式部が宮仕えするころには伝説的なサロンとして伝えられ、中でも清少納言は学識高い知的な女房としてすでにレジェンドであった。『枕草子』は定子中宮の人柄、豊かな教養を褒めたたえサロンの素晴らしさ楽しさを喧伝し、そこで活躍した清少納言本人の漢学の才ある姿も伝えている。

なにかと彰子中宮のサロンは、定子中宮のサロンと比較され、清少納言の豊かな才能云々が語られる度に、紫式部のプライドに火がつき強い対抗意識を持っていた。

すでに宮中にはいないので表立って誰に向かって言う立場でもないが、その鬱屈した思いを日記に発散している。

清少納言こそ、したり顔にいみじうはべりける人。さばかりさかしだち、まな書きちらしてはべるほども、よく見れば、まだいとたらぬことおほかり。かく、人にことならむと思ひこのめる人は、かならず見劣りし、行くすゑうたてのみはべれば、艶になりぬる人は、いとすごうすずろなるをりも、もののあはれにすすみ、をかしきことも見過ぐさぬほどに、おのづから、さるまじくあだなるさまにもなるにはべるべし。そのあだになりぬる人の果て、いかでかはよくはべらむ。

（清少納言は得意顔をして本当に鼻もちならない人。あれほど賢そうに漢字を書き散らしているが、よく見ると至らない部分が多い。人より特長あり、と思っている人こそ見劣りがして、将来はみじめなことになっていく。風流を気取って、何でもない殺風景なことをしんみりと感動的に振る舞ったりしているうちに、見当はずれで軽薄な姿になってしまう。そのように軽薄になってしまった人の最後がどうして良いことになるでしょうか）『紫式部日記』

と感情に任せて言いたい放題に筆が進む。

日記が人に見られることを全く予期していなかったのだろうか。

日記を綴じている話があることから見ると、思いのたけ書いて憂さを晴らし、いずれ焼いてしまうつもりであったのかもしれない。

宮中での同僚や女房の噂話に耳目を集めるようになっていたことは紫式部自身が彰子中宮の女房としてキャリアウーマンの足場を固め、確固たる存在になっていたからだと言える。

さらに『源氏物語』の完成に向けて作家として、周囲からの賛辞はもとより自身がこれだけの長編を書き上げてきた達成感が揺るぎない自信となって、個人的な私憤を超えて作家としての眼力を持って冷徹に批評したとも言える。

彰子中宮が第二皇子を出産し、道長の次女妍子《けんし》が東宮居貞《おきさだ》親王の妃となり、道長の権威は安泰を確実なものとしていく。

道長の長年の宿敵、兄道隆の子伊周《これちか》が亡くなる。

道長と伊周の権力闘争は紫式部の出仕以前からの長年の怨念ともいえる闘いであり、道長の強引さに伊周に同情する向きもあったがそれも道長のリーダーとしての高い資質ゆえともとれる。

紫式部の気持ちの中には強い道長への憧れはまだ消えてはいなかった。

寛弘八年に入り、紫式部の順調に回っていた生活に変化が出始める。

二月に父為時が越後守に転任する。この時為時は六十二歳か、当時としては高齢者である。紫式部の弟惟規が父と共に任地に行くことになったのは、父を心配して紫式部と惟規とでおもんぱかったことだったのかもしれない。

惟規が越後への転任を了承してくれたことは紫式部としては、安心して二人を送り出したことだったであろうが、人生には思いもかけないことが起きるもので、惟規は転任したその年の秋に病でなくなってしまう。まだ三十代の若さであった。

為時は長男を亡くし大変なショックを受けるが、紫式部にしても仲のよかった姉弟だっただけに落ち込みは大きかった。

私的な家庭内の悲しい出来事に加えて、彰子中宮の身辺にも不安な日々が訪れている。春頃から一条天皇は病がちであったが、寛弘八年五月二十七日、天皇は譲位を決断するに至る。彰子中宮は大層悲しみ、譲位は父道長のさしがねではないかと恨む。

天皇譲位となれば東宮の選定となり、一条天皇は定子との間に生まれた第一皇子敦康親王を押したいが父母の道隆、定子が亡く後ろ盾が無くては立太子には難しい。

天皇の願望を知りつつも道長は、彰子の皇子敦成親王を立太子とするよう天皇に奏上する。天皇は後ろ盾のない敦康親王を立太子としてもなお行く末を考えればかえって不幸なことになる、とあきらめ道長の孫の敦成親王を立太子にする宣旨を出す。

敦成親王を東宮に推したのは道長と察した彰子中宮は
「若宮はまだ幼い、ご宿世に任せて敦康親王を立太子とするのが筋でしょう」

と、道長に意見する。

定子が亡くなってから彰子は幼い敦康親王を手元に引き取って養育してきたこともあり、さらに皇位継承の乱れとなることは横暴と筋を通し、最高権力者の道長には誰も言えないことを彰子中宮は意見した。

自分の息子を皇太子にする、という本当ならば大喜びするところを反対したことに、道長には考えられないことで驚いたであろう。

結局後ろ盾のない敦康親王は立太子せず敦成親王が皇太子となる。

この一件は紫式部も間近で見聞きし成り行きに、難しい問題であるにしても彰子中宮の冷静にして理路整然と道長に物申す姿に心の中で拍手したことであろう。

道長の優れた政治判断、統率力にはいつも感服していたがこのところの我を押し通す強引さ、己の身内の出世には他を顧みないばかりか、敵とみれば叩き落していく傲慢な姿が増え、紫式部の中にかつての道長像が少しずつひび割れていく思いがしている。

六月十三日には三条天皇が即位。

六月二十二日に一条天皇（一条院）崩御。
享年三十一歳、彰子中宮二十三歳である。
紫式部は八月、七十七日の忌みを終えた彰子中宮に歌を奉っている。

ありし世《よ》は夢に見《み》なして涙《なみだ》さへとまらぬ宿《やど》ぞ悲《かな》しかりける

（一条院ご在世の彰子中宮のサロンのすばらしい姿は、今思うとはかない夢であったのでしょうか。涙が止まらず一条院の名残さえもとどめることが出来ず悲しいことです）『栄花物語（いはかげ）』

彰子中宮を慰める歌は、あの一条天皇も元気で、中宮を囲んで『源氏物語』が音読され、輝かしかったサロンを盛り上げた紫式部自身の回顧をも思わせる。

このような日がこんなにも早く急に訪れるとは、彰子中宮も紫式部も思っていなかったであろう。

翌寛弘九年、長和元年に改元、新たな年の始まりに人々の心も一新しているが彰子中宮はなお悲しみが深い。

紫式部が彰子中宮に寄り添って励ます歌が『栄花物語（日蔭のかづら）』にある。

「雲《くも》の上《うへ》を雲の外《よそ》にて思《おも》ひやる月は変《かわ》らず天《あめ》の下《した》にて」

と中宮を月になぞらえて敬慕し励ましている。

中宮とは主従関係であるが互いにリスペクトしあい、中宮にとっては何でも相談できる姉のような存在であり、紫式部も敬愛しつつも時には妹のように愛おしい関係となっている。

二月には三条天皇の妃、彰子中宮の妹の妍子女御が中宮になって彰子は皇太后となる。妍子の立后の儀式などが盛大で、新しい女房たちも増え生き生きとした新中宮のサロンの始まりである。

皇太后と一段上に昇ったようでも一条院が亡くなって彰子の部屋は元気がなく女房たちにしてみれば、数か月にして自分たちは後宮の主軸から外れてしまった潮目の流れに追いついて行けない。

紫式部にとっても、道長が先に立って『源氏物語』の冊子作りで冗談を言いながら皆で綴じていたことがつい昨日のことのように思えるのに、一条天皇の崩御、惟規の死と続き、まだ若いと思っていた二人の死に、命のはかなさを思い、願っていた仏道修行や出家への思いがよぎる。

11

道長、権力闘争の勝者となり「摂関政治」の全盛期を築く

一条天皇崩御後の寛弘八年十月三条天皇が即位する。

三条天皇は、一条天皇よりも四歳年長であり異母兄である花山天皇が亡くなった時に後見が弱いとのことで、後見の強い一条天皇が即位してしまう。割を食ってしまった感のある三条天皇の遅い即位であった。

すでに絶対の為政者である道長には始めから気を使わねばならない。

道長の次女妍子と藤原済時《なりとき》の娘娍子《せいし》の二人の女御がいたが、妍子は中宮を宣旨されて参内の日が決められる。

道長は、娍子の方が入内が早くすでに敦明《あつあきら》親王を生んでいることもあり、娍子を皇后にと薦めるが、天皇は道長の権勢を思えば娍子は女御のままでと諦めていた。

結局、同じ日に妍子中宮が参内し、娍子が皇后として並び立つことになる。

当日の儀式に当然ながら道長の威勢をかって妍子の方には宰相、中納言など大勢の高級官僚が勢ぞろいし、道長は出席者の有無を『御堂関白記』にも記し、気にしている。

一族はほとんど出席していることを喜んでいる。

一方娍子立后の儀は
「参入の上達部は実資、隆家、懐平《かねひら》、通任《みちとう》等四人」

と記されている。

右大臣、内大臣は障りの由を申し不参とあり、天皇が右大将実資を召して宣命を行った。

こうして二人の立后の並列といっても、初めから歴然と差が付けられ、三条天皇は道長との関係に気を遣い実資を味方と思って何かと相談していたようである。

実資は、立后の儀に大臣が欠席したのは道長を憚ってのことだろうと道長のやり方を非難する。

前々から実資は自分に批判的だと思っていた道長は一条天皇時代よりも、三条天皇になって何かと批判的な実資をなおうっとうしく思うようになっていく。

道長はこの頃、長男頼通を権大納言に五男教通《のりみち》を権中納言にする。

妾腹の頼宗《よりむね》も権中納言とし、子息を出世させ一族を要職に付けていく。

三条天皇とのぎくしゃくした関係も妍子の出産によって外戚となればよい関係が築けると、道長も天皇も期待したが、内親王の誕生で二人共に大喜びとは行かなかった。

天皇家にとっては、継承上親王の出産が期待され、高級貴族では娘を望まれる。娘であれば早ければ十代半ばには東宮へ入内し、中宮になれる確率が高い。中宮が親王を出産すれば外戚となって摂政関白の座に座ることが出来る。

とすると平安中期の摂関政治は、この原理を手に入れた者が勝利者となる。

五男であったのに、兄道隆の死から偶然、必然が重なって一条天皇の外戚となった辺りから道長の政治力の完成度は高められていく。

が一条天皇の死が突然で若く、三条天皇の時代となると一条天皇のような親しさが作れない。

三条天皇は道長に関白を下賜《かし》す、と言われるが道長は辞退する。

内覧の宣旨は受けている。一条天皇の時から、天皇に奏上する公文書を奏上前に見て政務を行う内覧の方が利が多いため内覧を受けている。

摂政関白となると、政務を次席の大臣に譲らねばならない。

道長はあくまで左大臣として太政官の政務を直接指揮し掌握していたかったので、関白を辞退していたのだ。

道長の日記は『御堂関白記』と呼ばれ、平安時代の権力者直筆の日記として関白と呼ばれているが、この名称は江戸時代に付けられたゆえいかにも権力者で関白のイメージにぴったりであるが、実際には道長は名声に加え「実《じつ》」は決して手放さずに天皇よりも先に奏上に目を通し、自分の思い通りに政務を行っていける内覧に留まっている。

三条天皇は親王時代から眼病に悩まされていたが、天皇に即位してからますますひどくなり失明に近い症状となっていく。

道長が政務の最高権限を握っていても、天皇の宣旨がなくては動けない案件も多々あるから、道長は天皇に養生をおもんぱかって譲位のお願いをした。

実資は『小右記』に

「又禅位有るべきの由、責めあり。はなはだ耐え難きの由仰せ事有り」

と記し、天皇の眼病のためと譲位を迫って、道長は外孫敦成親王を即位させたいからだろうと手厳しい。

彰子中宮時代のサロンはすでに過去のものとなり、今後宮で華やぎを見せているのは三条天皇の妍子中宮の局であり、道長が後見し連日宴会が続く。

三条天皇は重い眼病でもあり、一条天皇のような稀有な文学、芸術嗜好を持っているわけではないので、後宮もかつての彰子中宮を囲んで『源氏物語』が読まれ、天皇、中宮、女房たち皆が物語に夢中になってさらに文学的、芸術的に盛り上がるといった雰囲気は見られない。

紫式部、和泉式部、赤染衛門《あかぞめえもん》、伊勢大輔などの才媛もいない。

道長が彰子中宮の折りには何としても文学的、芸術的なサロンにしようと、紫式部を探し出して熱心に出仕を依頼し、後宮に物語執筆用の局を用意するほどの熱意が、道長にももう無かった。あの知的に満たされた楽しさを、彰子皇太后は懐かしんでも、道長は妍子に次の外戚となることを期待して資力を注ぐが、皇太后には後宮の御目付役《おめつけやく》としての立ち位置を任せてもそれ以上を望んではいなかったであろう。

皇太后が妍子中宮方で開かれる一種物《いっすもの》の宴会に対して、実資の養子資平《すけひら》に、紫式部を介して物申した件が、『小右記』にある。

一種物とは平安時代に盛んに行われていた、貴族たちが酒や肴を一品ずつ持ち寄る小酒宴で、現代でも行われるような持ち寄りパーティーが平安時代に宮中で公然と行われていたとはおどろくがちょっと愉快でもある。

「近頃妍子方では宴会続きなのに、一種物を催すとか。公卿方の負担が大変です、道長公が見えれば皆も表は饗応におもねるでしょうが、陰では悪口も出て後世の人々にも聞こえが良くない。連日の宴会は無駄遣い、中止すべきでしょう」

彰子皇太后が言われたとすれば、道長としては面白いはずがない。

皇太后、取次いだ紫式部、聞いた資平、記した実資の四人がぐるになって道長の行いを叱声している、と思われても仕方のない事である。

確かに近々の道長の行動、施政は上に立つ者としての公平性、平等意識などに欠け、身内に厚過ぎるとの不満が充満している。

真実を諭されることは、反論もしにくいだけに腹も立つ。

道長にとっては以前から批判を繰り返す実資は時に許し難いが宮中随一の知識人で有職故実にも詳しく公卿たちの生き字引として尊敬され、自分もやむなく儀式の折りにはお伺いをたてることもある。

が、彰子中宮時代にやはり知識や学識の必要なこともあろうかと、実資と中宮の仲介を紫式部に任じたのは道長自身である。

宮中での中宮の立場上必要な知識などの伝達であり、それ以上でも以下でもない。なのに、親王立太子の件、妍子の局での宴会の件、など三人で話している様子に加え自分に意見がましい事を、皇太后の言葉として伝えている。

道長の怒りの矛先は取次ぎ役の女房紫式部へ向かい始める。

彰子中宮は生意気な言動とは言え、頑張って皇子を生み、外戚の希望を叶え九条家を繁栄に導いた大切な長女である。

実資は位では差を付けてはいるが、元は同じ藤原北家出身で、天皇家にも学問、知識人の覚えめでたく信頼がある。まだ先であろうが右大臣に昇るであろう。

紫式部は歌人、文人の誉れ高い家柄ではあっても中流貴族である。文才を見込んで一条天皇好みのサロン作りの要員として出仕を依頼したもののすでに一条天皇はなくなり、彰子中宮が皇太后となった時点で、あのサロンは役目を果たし終えたのだ。

道長がモデルかと自他ともに思うほど、皆にもてはやされ、サロンの中枢にいた光源氏も物語の中ですでに亡くなっている。

道長の豪放磊落、明るく楽しい人柄は疑うことなく誰もが認めるところであるが、トップの政治家として必要不可欠な冷徹な部分も充分に持ち合わせていた。

あれほど褒めちぎり蜜月な関係と紫式部自身はもちろん周囲にも稀有なキャリアの女房、素晴らしい作家と思わせていた道長が、彰子中宮、紫式部、実資のトライアングルの関係に不信感を抱き、切り込んだ。

12

光源氏の陰湿ないじめが若き柏木の命を縮める

暮れの宴席で光源氏から暗に女三の宮とお前との密通を知っているよ、と言った風に冗談めかしながらいびられた柏木は年が明けてから寝付いてしまう。父頭の中将は日一日と容体の重くなる息子に、あんなに何事にも優れていて将来を嘱望されていたのに、なぜ突然崩れ落ちたのか全く分からない。

柏木は女三の宮の寝所に忍び込んでの強引な密通という行動の大胆さとは真逆のような、光源氏への怯えで死をも覚悟するという小心さで震えている。最高権力者の光源氏に睨まれては今の衛門《えもん》の督《かみ》の地位すら危うい。都に居場所がなくなるかもしれない、と将来を悲観する。

女三の宮当ての手紙を小侍従に仲介を頼み送る。

歌を詠んだあと、

「もう明日をも知れぬ命なのです、不憫とだけでも言って下さい」

などと女々しい。

女三の宮には柏木が必死で愛の言葉を送っても返す言葉などない。

光源氏は女房たちの前では身重の女三の宮を大切にいたわっているが、二人きりになるとねちねちねちと柏木との密会をいびる。

今までの颯爽としたすべてに優れた光源氏が、柏木と女三の宮に嫉妬し、若さを妬み、地位をバックにパワハラでいじめる。

あの素晴らしい輝くような光源氏に憧れ続けてきた読者はこのような初老で落ち込み、素直に老いを受け止められない彼に驚くが、自分たちと同じ場所に降りてきた光源氏の悩みに寄り添うことが物語の新しい読み方となって、これから光源氏、女三の宮、柏木の三人はどうなって行くのだろうと、女房同志でそれぞれ自分ならこうするよねというような意見交換も行われたかもしれない。

紫式部がそれまでの物語とは異なって、ヒーローを徐々に落ち込ませていく作家としての手法が現代でも世界的に読まれている一つの要因であるが、千年前に一人の女性が「光源氏」という素晴らしい才能に恵まれた男性の一生の長きに亘る心理を深く緻密に観察して読ませ、共感や疑問を抱かせた筆力は、『源氏物語』の「若菜上」「若菜下」「柏木」で頂点に達している。

女三の宮は悩みながらも男児を出産。

光源氏は女児なら他人に顔を見られず光源氏の子として隠しおおせるが、男児では大きくなるにつれて柏木に似てくるかもしれない、と不安な気持ちを抱き、さらにかつて自分が父桐壺帝の藤壺中宮との不義密通で生まれた皇子を、桐壺帝は自分の皇子として大層喜んでいたが、実は密通を知っていたのではないか、とすれば恐ろしい、など若き頃に遡って乱れ悩む。

女房たちの前では赤子を抱き可愛がるが、人目の無いところでは女三の宮にあくまでも冷たい。

女三の宮はこれからこのような光源氏との暮らしは耐えられないと出家を願うが、彼は世間体を憚ってとんでもないこと、と歯牙にもかけない。

出家した父朱雀院が女三の宮の様子が心配で山から下り見舞う。

女三の宮は朱雀院に何としても出家したい、山に帰る前に今父の手で出家させて欲しいと熱く懇願する。

娘の切羽詰まった頼みに朱雀院は光源氏に愛されていないことを悟り、戒《かい》を授けてしまう。

光源氏の驚きも大きいが、後夜《ごや》の加持に物の怪が現れ光源氏に
「紫の上に憑りつくも生き返ってしまったから、女三の宮を尼にしてしまった」と高笑いする。

いつまでも自分の周りの女君に憑りつく故六条御息所の死霊に光源氏はなお落ち込む。

柏木は愛する女三の宮を幸せに出来ず尼にしてしまったと思うと、生きるすべがなくなって日に日に衰えていく。

見舞いに来た親友で光源氏の息子の夕霧に、

「源氏の君とは行き違いがあり許していただけない。もし機会があればよしなに申し添えていただきたいが、他言無用で」

と遺言のように言う。

さらに、女三の宮の身替りとして姉の女二の宮と結婚したが、女三の宮には及ばないと愛情を感じなかった妻に、今際《いまわ》の際《きわ》となってすまないとの気持ちが湧き夕霧に見舞ってくれるようにとも頼む。

柏木は両親、妻の女二の宮をはじめ皆がなぜこんなにも急に衰えて逝ってしまうのかと嘆く中、泡の消えるようにはかなく亡くなる。

「若菜」上、下の帖での柏木の暴走とも思える若い激情の恋の行方に、ドキドキ感とワクワク感を持って物語の先を待たれた「柏木」の帖で柏木の恋の破綻、女三の宮の出家という凋落の運命をたどる結末への道のりは緊張の連続で、息もつがせぬ面白さに紫式部の世界に引き込まれてしまう。

今までは意志が弱く、女房たちも締まりのない局で大人になり切れずに、光源氏に軽く見られていた女三の宮が、強引な柏木の一方的な激情を阻止出来なかったのに、その後はじめて自分の意志で光源氏との夫婦関係を断ち切り尼になる、と決断してからは実に素早い。光源氏がおたおたしている間に父朱雀院を説得し、時の猶予を与えない。

あの幼く愛らしい彼女のどこに、何時自立心が芽生えて立ち上がったのかと読者をも引っ張って行く。

女三の宮の心の高さに追いつけない光源氏との二人の会話を原文で。

「「いまは」とて、おぼし離《はな》れば、「まことに、御心と、厭《いと》ひ捨《す》て給ひける」と、はづかしう、心憂《う》くなんおぼゆべき。猶、「あはれ」とおぼせ」

と、きこえ給へば、

「「かかるさまの人は、物のあはれも知《し》らぬ者」と、聞きしを。まして、もとよりしらぬ事にて、いかがは聞《きこ》ゆべからむ」

（源氏の君は「尼となって私を見捨てて寺に行くようなことになったら、本心で私を嫌って見放したのだと、きまりが悪くつらく情けないでしょう。せめて私を可哀そうと思ってください」とおっしゃる。女三の宮は「尼姿の者は、人情や情趣などは分からない者と言われていますが、私はもともと物のあわれなどに疎いのでお返事のしようもありません」）「柏木」の帖

女三の宮の返しはあまりにもそっけない。人情も情趣も分かっていたことがあったでしょうに、と、暗に柏木との件を皮肉る。

薫と名付けられた若君を抱くと可愛く、どことなく柏木に似ていると思う。

「五十日《いか》の祝い」で人前に初めて薫を披露する日の光源氏の複雑な心境が描かれている。

国宝の『源氏物語絵巻』にも光源氏が薫を抱くシーンが描かれているが、斜めに前のめりに幼児を覗き込む光源氏、ずりおちそうな幼児がいかにも不安定で彼の心境が描かれた名画である。

「横笛」の帖は

「故権大納言の、はかなくうせ給ひにし悲しさを」

で、柏木が危篤の折りに権大納言に昇進された呼び名がむなしく、父母を始め皆が若い死を残

念がっている様子で帖が始まる。

皆が嘆きつつも早くも一周忌になる。

柏木の父頭の中将は、光源氏とは幼い頃からの親友にしてライバルであるが、今回の件を光源氏は頭の中将には露ほども漏らしていない。

「お前の息子はひどいじゃないか」などと言いたくなったであろうが、自身の恥ともなる話でもあり全く頭の中将に悟られるようなそぶりも見せていない。

柏木の不義密通を決して許してはいないが、一周忌に薫のあどけなさをみるにつけても、我が子と名乗ることも抱くことも出来なかった柏木を不憫に思い、薫からの供養料として、黄金百両を頭の中将に贈る。

何も知らず深くも考えない頭の中将は御厚志に感激し恐縮している。

仏道に専念している朱雀院ではあるが皇女の女二の宮は夫柏木に先立たれ、女三の宮は出家の身となり不幸な皇女たちへの不安に耐えての修行である。

朱雀院は女三の尼宮に春、山の筍を贈って慰める。

薫は筍を摑みよだれを垂らしながらかじって捨て、散らかす。その様子に光源氏は可愛くも不憫にも思う。

紫式部の子供の情景の描き方は実に巧みである。

大堰川のほとりの山荘での明石の君と明石の姫君との別れも光源氏に抱かれた姫君が母も車に乗ると思って、袖を引っ張って早く早くと急かせる場面。大堰川の寒風の中での元気な姫君の明るい声が、引き裂かれる明石の君の切なさとの対照が際立つ。

紫の上の幼いころ光源氏が垣根越しに透き見する中、庭先に「いぬき（召使いの女童《めのわらわ》の名）が雀《すずめ》の子を逃がしたの」と泣きながら初登場したのは、光源氏にも読者にもピュアな幼女の可憐さを鮮烈に印象付ける。

紫式部自身にも娘賢子がいるが、それにしてもいつも愛らしく、その場の情景にぴったりとはまっている。

今回も薫のちょっと不作法な愛らしさを描き、光源氏が女房たちに「早く片付けて、いやしい子だと思われないように」と言う言葉の裏には自分の子だったらこのようなことはしないし、させないと言いたい風があるようにも取れる。この場の雰囲気が映像のように浮かんで見事である。

夕霧は柏木の遺言を守って、女二の宮を見舞う。女二の宮の母御息所から、柏木の愛用の横笛を形見にと贈られる。

「横笛」は男性貴族のたしなみ、名笛は親から息子へ伝承

その夜夕霧の夢に柏木が現れ、横笛はあなたではない人が受け継ぐべき物と言う。

光源氏に会った夕霧が横笛と柏木の夢の話をすると、光源氏はこの笛はこちらの物、薫にと取り上げる。夕霧は柏木の今際の際に光源氏に詫びて欲しいと言ったことを話すが、彼はとぼける。

その日明石の姫君の皇子たちと遊ぶ薫が柏木に似ていると夕霧は直観し、やはり柏木は女三の宮との不義密通があったのだと確信する。

光源氏五十歳の秋、十五夜に鈴虫の鳴き声が趣深く鈴虫の宴を催す。蛍兵部卿、夕霧をはじめ大勢が六条院に集まって管弦の宴となる。冷泉院からの使いがあり、皆で参上し秋の一夜、詩や歌を作り音楽を楽しむ。

「若菜上」「若菜下」「柏木」と登場人物による重

苦しい心理劇が続き、読み手としては息つく間もなく物語にのめり込んできた肩の力がふと抜けて、平安の秋の行事の美しさを垣間見る「鈴虫」の帖である。

平安時代は春夏秋冬の自然に敏感で、雪月花を取り込み春の花の宴は詩作に舞が主体、秋は詩歌に音曲が主体とされて男の公卿の嗜みであり、教養が発揮される所でもあった。

時折、歌詠みに秀でた女房などには歌を召すように、と言われることがあり紫式部も歌を差し出している。

美しい秋の趣向を見せた「鈴虫」の帖の次は「夕霧」の帖。

夕霧は柏木の密通を確信したから柏木の正妻であった女二の宮に同情したわけでもなかろうが、慰めている内に恋情を抱き始める。夕霧は父光源氏の多情な性格は受け継いでいないようで、真面目に筒井筒の恋女房雲居《くもい》の雁《かり》との生活を十年間守っていたが、女二の宮に魅かれてからは家庭生活も狂い、女二の宮や母の御息所にはうとまれて、思うようにいかない。この帖の夕霧は二十九歳で今で言えば働き盛りの壮年と言ったところであり、中納言という立派な地位にもある。雲居の雁との間に男女四人ずつの八人の子を持ち、雲居の雁との前に光源氏の侍従惟光《これみつ》の娘との間に男女二人ずつの四人の子を持ち、合わせて十二人の子供がいる。

光源氏が藤壺との密通で生まれた冷泉院を入れて三人であったことを思うと夕霧には賑やかな

家庭を紫式部は与えている。

「夕霧」の帖は「鈴虫」の帖で美しい秋の情景を満喫したあとに夕霧の家庭内のごちゃごちゃがユーモラスに感じられ、読者は夕霧が右往左往する様のようには深刻には感じられず、光源氏の恋物語のような憧れもなく、誰に味方するなどと力むこともなく、帖は終わる。

「御法」「幻」の帖では、光源氏の周辺があわただしくなる。

紫の上は、四年前の女楽以来病に伏している。

「若菜下」の帖では死の瀬戸際から蘇ったものの、以後も健康ははかばかしくなく酷暑の夏には衰弱がひどくなる。

明石中宮が見舞いに訪れて起き上がっている紫の上をみて光源氏が「今日は起き上がれるほど元気なようですね」と喜ぶ姿を見て、紫の上は、「このくらいのことで喜ぶとは。もし私が死んだら源氏の君はどのくらい嘆き悲しむだろうか」と、女三の宮の降嫁以来彼に対しての不信感で裏切られた思いにさいなまれてきたが、自分の死後の光源氏を思うと長年共に暮らしてきた細やかな愛情が呼び戻される。

おくと見《み》る程ぞはかなきともすれば風に乱《みだ》るゝ萩の上《うは》露

（起きていると見えてもあてにはなりません、無常の風に散る萩の花の上の露のようにはかない命です）「御法」の帖

光源氏の涙ながらの返歌は

やゝもせば消《き》えを争《あらそ》ふ露の世《よ》におくれ先《さき》だつ程へずもがな

（ややもすれば先を争って散るはかない露の世に、一人残されて生きるよりも一緒に死にたいものを）「御法」の帖

光源氏は以前のように物の怪の悪さかもと疑って加持祈禱などに手を尽くすが、その甲斐もなく夜の明け果てる頃ついに紫の上は消えるように亡くなる。

『源氏物語』で光源氏とともに物語の中枢をになったヒロインが光源氏を置き去りにして旅立ってしまった。

平安時代でも、男性よりも女性の方が平均して長寿であり、光源氏にしても年下の紫の上より

も自分の方が先だと思っていたであろうから、この先もっとも気心の知れた彼女が老いていく自分を支えてくれるものと安心していた生活が、目の前から消えてしまった。

光源氏は半身を失ったように茫然自失となっている。夕霧がしっかりと父を支えて葬送を助け、翌八月十五日の暁に、相思相愛だった紫の上は煙となって空に消えて行った。

正体をなくしたような光源氏を励まして葬送を執り行う夕霧に、世代交代を感じた読者も多いことだろう。

あの輝くような「光源氏」がこんなにも悲嘆にくれ、昔日の面影すら無くなって行く様を紫式部の筆は容赦しない。

「幻」の帖に入っても光源氏の憔悴ぶりは尋常ではないほどの落ち込みようであるが、一年間の光源氏の生活ぶりを歳時記のように語って行く。

ほとんど人にも会わず訪ねることもしないが、さすがに寂しく女三の尼宮を訪ね紫の上の春の局に、女主が亡くなっても山吹が華やかに咲いているのがあわれに思うなどと心情を吐露するも、女三の尼宮は

「谷《たに》には春も」

と、何心《なに》なく、きこえ給ふを、「事《こと》しもこそあれ。心憂《う》くも」（「谷には春も」と何気なく古歌を言われる。光源氏は、「他に言いようがあるものを。私が思い悩んでいる時に、何という冷たさ」）「幻」の帖

女三の尼宮の返歌は
「光なき谷には春もよそなれば咲きてとく散る物思ひもなし」

の古歌のように、出家した尼の身では花が咲こうとすぐに散ってしまおうと物思いはありませんよ、という意味であるが、光源氏は紫の上だったら、こんな返しは無かったと、つい涙がこぼれてしまい、なお寂しく辛い。

春の夕暮れが趣深いので、明石の君の部屋に回る。

たわいのない昔話などをしたが、泊まらずに戻り、翌朝二人は歌のやりとりをするも
「紫の上は生前、明石の君に打ち解けても馴れ馴れしくはせず、心深く奥ゆかしい付き合いをしていた。紫の上のそうした心遣いを、明石の君は気が付いていなかっただろう」

と光源氏は独り言のように思う。

明石の君を紫の上より格下に見ていることがこの独り言にも見える。

一年の巡りは早く、夕霧は相変わらず空ばかり眺めて紫の上を偲んでいる光源氏に紫の上の一周忌を相談するが、大仰にはしないと答える。

光源氏は紫の上の一周忌が済めばいよいよ長年の念願の出家をする、との決心を固めている。

身分に応じて形見の品々を分け気持ちの整理をつけるが、やはり寂しさはひとしおである。

大切に取っておいた紫の上からの流離していた須磨明石に届いた手紙は、読み返すと涙が止まらない。残しておいても甲斐もない、と破り捨て、紫の上が細々と書いてある手紙の片隅に

かきつめて見《み》るもかひなきもしほ草おなじ雲井の煙《けぶり》とをなれ
（古手紙を掻き集めて見ても、亡くなってしまっては何の甲斐もない。紫の上とおなじ大空の煙となるがよい）「幻」の帖

と書いたあと、手紙をつぎつぎに焼かせてしまう。

「御法」「幻」の帖で哀れな光源氏をいやというほど見せられてきたが、思い出の手紙を焼き、立ち上ぼる煙に涙ぐみながらも身辺整理を進め、立つ鳥跡を濁さずの気概を見せられる。

現代でも、老いてからの断捨離の難しさが話題となっているが、光源氏が愛妻紫の上が亡くな

ってからの一年間、四季それぞれの訪れに思い出を振り返り消えていた思いを呼び覚ましては懐かしみ、徐々に終活をしていく様子は千年前も行われていたことに感嘆する。

紫の上は女三の宮の降嫁以来光源氏への不信感や裏切りを感じて、彼の元を離れて出家したいと願うが認めてもらえずに病に苦しみ、哀れな最期であったように自分でも思っていたであろうが、この一年間の紫の上に対する供養ぶりをもしも彼女が知ったなら、深い愛情を取り戻したと確信できたであろうに、心の行き違いになってしまったことが二人にとっては残念なこと、と読者も思ったことだろう。

光源氏は形見の品々を、これが最後と大袈裟にならないように身分に応じて与える。いよいよ積年の願いであった出家をする覚悟が出来る。

十二月十九日から三日間の御仏名会《おぶつみょうえ》も、これが最後と思うとしみじみ感慨深い。

宮の方々、上達部などの大勢の前に、光源氏が生身の姿を現すのは一年振りである。

光源氏の姿は昔よりも美しく光の上になお輝きが添い神々しいほどで人々は感涙する。

雲の上のような素晴らしく輝かしい人生から正妻の不義密通、不義の子を背負うといった堕ちた偶像のような思いを味わい、最愛の紫の上に先立たれるといった苦悩と落胆に苦しんだ後に、それらを削ぎ落としたように再び美しい「光源氏」が人々の前に蘇った。

新年には出家するとの気持ちで暮れになる。
明石中宮の三の宮（匂宮）が
「鬼やらいをしたいのに、どうすればいいの」
と走り回っている。この可愛い姿ももう見られないのだ、とやはりもろもろ忍び難い。

物思《おも》ふと過《す》ぐる月日も知《し》らぬまに年《とし》もわが世も今日《けふ》や盡《つ》きぬる
朔日《ついたち》のほどのこと、「常《つね》よりも殊《こと》なるべく」と、おきてさせ給《たま》ふ。親王《みこ》たち・大臣の御引出物《ひきいで》、しなぐ〵の祿《ろく》どもなど、「二《に》なうおぼし設《まう》けて」とぞ。
（紫の上を愁傷して物思いにふけって、月日の過ぎるのも知らずにいる間に、今年も自分の生涯も今日で縁が切れてしまうのか
正月始めの接待は「例年よりも立派に」と命じ、親王や大臣への御引出物、御祝儀を「またとないほどの格別な用意を」とおっしゃったとか。）「幻」の帖

この歌が光源氏の辞世の歌である。
引用した原文をもって「幻」の帖は終わる。

次に「雲隠」の帖は、帖名のみで本文はない。

光源氏は「幻」の帖で記されたように出家し、嵯峨に隠棲しその二、三年後には亡くなったであろうと言われている。

『源氏物語』ではほとんどの登場人物の亡くなる様子が、背景の季節、自然の情景、周囲の人の心理状態までも緻密に描かれている場面に接する。が、主人公の光源氏の死に際は、あえて描かれていない。

本文のない「雲隠」の帖を挟むことで読者の感受性、想像力に任せ、稀代のヒーロー「光源氏」の死を高みへと導く紫式部の粋な計らいのように思える。

『源氏物語』五十四帖の中に、「雲隠」の帖は含まれていない。

光源氏生誕前から五十二歳で世俗人としては最後の新年を迎える準備をするまでの、半世紀以上に渡って理想的なヒーローを演じ、凡人の抱える苦悩にもあえぎ困難に打ちのめされても最後はヒーローらしく美々しい姿で消えて行った。人生のお終いには夕霧に助けられ、新春を迎える準備の邸の廊下を孫の匂宮が元気に走り回り、世代交代は順調で、明るい未来が光源氏の周りを彩っている。

戦もなく、唐の模倣から大和文化へと進む平安時代の平和がそこにはあり、当時の読者はこの長編物語を読み終えて素晴らしい満足感を得たであろう。

一条天皇、彰子中宮の王朝サロンの中心になって活躍した「光源氏」の引き際を、紫式部は見事な結末で締めくくった。

13

紫式部、道長によって宮中追放か？

道長の権勢が極まるほどに、不満分子が多くなっているのか、道長邸の屋上から人魂が北に向かって飛んだと噂されたり、道長を呪詛する者がいるとの落書きがある。

実資はこの種の件に、

「左大臣の一生にこの種の事件は絶えないだろう、これに坐して罪人の出るのは忌々しきことだ」と『小右記』に記している。

このような事件や噂の伝播は早い。紫式部を介して実資から伝えられなくても女房たちの噂話から彰子中宮の耳にも入っていたであろう。

彰子中宮は道長を最愛の父として敬愛し呪詛の件に胸を傷めていたが、一条天皇に譲位を迫ったり定子中宮の皇子よりも自分の孫である彰子中宮の皇子を東宮に立太子させようとするなど、王道を捻じ曲げる強引さに、道長の政道に危うさを感じ、意見を具申する。

道長は怒り、実資が世の噂を紫式部を介して彰子中宮に入れ知恵しているものと疑う。実資は若い頃から自分に盾突き『小右記』に堂々と批判めいたことを記しているのは許せないが、自分と同じ藤原北家であり有職に詳しい小野宮流の家系とあっては正面切って苦情は言いにくい。

時折意見めいたことを言ってくる彰子中宮であるが、皇子を二人産み、外戚に導いてくれた道長家にとっての宝である。

紫式部は、自分が宮中に招き入れて作家としても女房としても充分に厚遇してきた。元はたかだか中流貴族である。

他の女房のような中宮の身の周りの世話などではなく、頭《ず》の高い実資の取次ぎ役ならば適役であろうと配したのだが、紫式部は何を勘違いしているのか。

二人の取次ぎ役を紫式部に任じたのは自分であるが、紫式部を許せず取次ぎ役を免ずる。誰に気遣うことなく紫式部を切ることは道長の一存で事は済む。

紫式部を彰子中宮の女房として出仕を乞うたのは、文学好き、芸術嗜好の一条天皇を彰子中宮の部屋に惹きつけたかったからである。

『源氏物語』の執筆を後宮の特別仕様の局で思う存分に書き続け、道長の思惑以上の王朝サロンの隆盛となって、一条天皇の訪れも多くなり結果彰子中宮に皇子が生まれ、道長は外戚の夢が手の届く辺りの現実となっている。

もう紫式部の仕事は道長の中では終わっていた。

道長にとって頭の痛い反乱分子の事件や世の噂を信じ、道長にも非がある、と三人で煽っているように思えて堪忍袋の緒がきれた、紫式部の取次ぎ役を免じて、三人の絆を切った。

紫式部は道長の優れたリーダー性、政治力、堂々とした見栄えに成熟した男性の魅力を感じ、光源氏のモデルと言ってもいいほどの好意を抱き、恋人以上愛人未満の自立した愛の関係を保っていたが、近々の敵とみれば片端から突き落としていく人間性に、やや引き気味ではあった。が、今回の取次ぎ役の免除はいきなりの処遇であり、紫式部のプライドが高く内向的な性格を傷つけた。

『源氏物語』を書くことで女房としての特権階級の座を与えられ、思う存分に作家としての地位も栄誉も得た。

女房としての仕事では高級貴族の中でも最高の知識人である実資と彰子中宮の取次ぎ役、中継ぎという光栄な仕事を賜り、やりがいのある仕事でキャリアウーマンとしての実績を築き上げている。

一条天皇の御代は代替わりとなり、「光源氏」も亡くなって彰子中宮は皇太后となり、サロンの女房も入れ替わりが多い。

勘の鋭い紫式部にしては、しまった、去り際が後手になったと、臍を噛む思いであった。

道長の自分への思いは十二分に分かる。

若くて出自がよく、結婚への箔付けのために宮中へ出仕し上達部たちのお相手となる女房に混じって、いまさら何のために宮仕えしているのだろうか、長居し過ぎた。

実資は稀有な知識や有職故実の学識があり、紫式部の教養を高く評価してくれていて、宮中でもっとも尊敬しあえる関係となっていた。

が、正論ではあっても道長にしてみればいつも批判的な実資の取次ぎ役の紫式部は全面的に道長の味方でなければならなかったのだ。

中立でもよろしくない。

まして彰子中宮と一緒になって自分に一寸たりとも疑いを持って矢を向けるなどとんでもない事、と道長も巷の呪詛の噂に神経質になっている折りでもあり、心の幅は広いがやはり年を取って来たのか怒りっぽいと言われていることを、紫式部は実感したようだ。

すぐにも宮中を退出しなければ、と、紫式部は焦る。

この期に及んでいまさら男女の関係、愛だの情だのに縋りつく思いはない。

道長は取次ぎ役の免除を告げただけであったが、紫式部は一を聞いて十を知る。

宮中追放にも等しい一言であった。

皇太后は今や片腕であるような紫式部の宮中退出の申し出に驚き嘆き、遺留に努めたが、姉のようでいて優れた文学者であり、一方で傷つきやすい紫式部の人柄、性格をよく理解していたから、退出のきっかけも、引き留めが叶わないことも分かっていたであろう。

かつて彰子中宮が敦成親王を出産した道長の土御門邸から、宮中に戻る時のお土産用として、道長が率先して『源氏物語』を綴じて製本したものを、彰子皇太后は紫式部に渡す。

一条天皇、道長、紫式部、彰子中宮が皆若く生き生きとしていたあの頃、光源氏の輝きも加わって王朝サロンは最強だった。

もっと上があると皆思っていた。

紫式部は常に「この世は憂きもの」と書いたり、思っていたのにいつの間にか最強が傾いていた事にどこかで気が付きつつも平穏のなかに身を置き続けたことを恥じた。

実資を彰子皇太后に取次いだ最後の夏からほぼ一か月後の秋に紫式部は宮中を退出する。

寛弘二年（一〇〇五年）の暮れに書き始めていた『源氏物語』の原稿を風呂敷に包み、微かな不安よりもはるかに大きな自信と希望を抱いて出仕してから、長和二年（一〇一三年）の突然の退出。

ほぼ八年間の女房生活に終止符を打つ。

キャリアウーマンにして作家という稀有な輝かしい経歴を残して宮廷を後にする。

『源氏物語』の「光源氏」の一生が語られ、道長が先頭に立って製本された立派な数冊に及ぶ冊子を見ると当初抱いていた期待以上の出来栄えであり、評判であった。

彰子中宮のサロンは大人気となり、一条天皇を前に物語の朗読が行われ、やがて彰子中宮の懐妊、皇子出産。

今思い返せばあの時が絶頂期であったのだ。

まだまだ頂上は上にある、と自分はどこかで慢心していたのかもしれない。これ以上の何を望んで居続けていたのだろう。

が、八年もの長き間、時折の里帰りはあったものの、あれほど出仕になじめなかった自分がいつの間にか宮中の生活に慣れ切っていて、今さら都での中流貴族の生活は逆に居心地が悪い。

翌年正月には彰子皇太后が病と知って、清水寺に参詣したり、年老いて越後に赴任中の父に見舞いの文を送っている。が、父為時は息子に先立たれて以来老け込みこの年の夏には任期半ばにして退任、翌年には出家している。
急に退出してしまった紫式部に、同僚の女房から文が届く。

恋しくてありふるほどの初雪は消えぬるかとぞうたがはれける

返し

ふればかくうさのみまさる世を知らで荒れたる庭に積る初雪

いづことも身をやるかたの知られねばうしと見つつもながらふるかな

（あなたを恋しく思っています。初雪が知らぬ間に消えてしまうように心配です。音沙汰がないけれど、生きていらっしゃるのでしょうね。

紫式部の返しの歌
こんなにも世の中は住みにくいものなのですね、初雪はそんなこととは知らずに荒れた我が家の庭に降り積もっています

私の身をどこに置いたらよいのか分からず、住みにくい世と憂いながらも生きながらえてい

ます）『紫式部集』

と長かった宮中から都の自邸に戻るが、周りの新たな人間関係に当惑し、することもなく悲痛なほどの暗い気持ちになっている。

彰子皇太后は、この先も何かと相談するのは紫式部をおいては見当たらないほど二人は密着していた。

彰子皇太后は、退出した紫式部とは常にそれなりの距離を保っていたい。

宮中から退出して都の生活に戻った紫式部を誰よりも心配していたのは彰子皇太后であった。

彰子皇太后の別荘が宇治にあった。

宇治は京都と奈良の中間点で、高級貴族が宇治川のほとりに別業《べつごう》（別荘のこと）を構えることがステイタスとされ、道長も持っている（後に頼通が寺として開基し宇治平等院《うじのびょうどういん》とする）。

彰子皇太后は紫式部に自分の宇治の別荘に住まうことを勧め、紫式部もありがたく仮住まいに感謝し、華やかな宮中の後宮生活から都の自邸に戻ったもののなじめなかったことから、宇治の高級別荘地へ生活の基盤を移すこととなった。

宇治に別荘のある道長は、彰子皇太后の別荘に紫式部が移ったことは知ったであろうが、もともと豪放で磊落で明るい性格の道長がいつまでもこだわっていたわけではない。紫式部の文学的な知識人として稀有な才能は認めていたから、宮中で実資を彰子皇太后に近付けなければよいとしていただけであったが、突然の宮中退出を彼女らしいと思っても先々を少しは案じていたかもしれないから別荘への移住は見て見ぬ振りをしただろう、いや安堵したかもしれない。

紫式部は都の人間関係からは解放され、皇太后の別荘であれば手入れの行き届かなかった自邸とは比較にならないほど住み心地はよかった。

宇治は奈良と京都を結ぶ要衝で、便もよい。

風光明媚ではあるが、天候の悪い日の夜には宇治川の流れの音が轟音となって住まいにも響く。冬には都よりも雪深い日もあり冷えて厳しい。

紫式部は宇治川の轟音のような響きに恐ろしさを感じつつも『源氏物語』のことを思っていた。光源氏の出家を最後に『源氏物語』は完結している。

新年を迎える用意、出家の心得を嚙みしめている光源氏の傍らを明石中宮の皇子「匂宮」がバタバタと元気に廊下を走っている様子こそ、明るい未来を想像させて物語を締めくくった。

あの、子供たちや孫の世代は本当に明るい未来なのだろうか、平和がいつまでも続くと皆が思っている道長が中心の平安時代であるが、本当にそうなのだろうか。

一条天皇と彰子中宮を中心にして、道長そして自分も輪に入っていた輝かしいサロンも終わってしまっている。

宮中は次の天皇の代替わりとなって続いているが、新しい後宮の姿も変わっている。『源氏物語』の「光源氏」のいなくなってしまった後、どのような世界が広がって行くのか、紫式部は用紙を広げて薫君、匂宮と書いている内に『源氏物語』は未完であり、終わっていなかったと思う。

何と静寂な美しい風景かと感嘆していると、夜には宇治川の轟々たる流れに恐怖すら覚える宇治を背景に『源氏物語』を完成させたい。

光源氏の子、孫世代を新な気持ちで創作していきたい。

宮中を退出して以来、世の憂きことのみを嘆いていたが、ふたたび『源氏物語』の構想を考えると、出仕して一条天皇や道長に催促されて書き続けていた頃の熱気が体中に湧き上がってくる。いやあの熱気とは異なった書いて置かなければならない作家としての使命感のような気魄が体の底から湧き上がって来る。

宣孝との恋、忍従の結婚生活、授かった娘、夫との死別、宮仕え、道長への憧れ、道長との情に縋らない愛の自立、そうしたものが成熟し自分の体の中で醱酵している「愛」というものを、本篇の恋愛物語以上の物が書けそうである。

もう次を待たれて催促されることもなく、書き上げた原稿を上手に読み上げる女房もいない、自分は部屋の片隅で天皇、中宮がじっと耳を傾けている様子を垣間見ることもない。

道長や他の公卿たちとの歌のやりとりにときめいた大人の恋の楽しみも今は幻である。

ひたすら一人黙々と書き続けて行くのだ。

今の自分の境遇には似合っている。

紫式部は居ずまいを正すと仏壇に手を合わせ、晴れ晴れとした思いで机に向かってふたたび筆を取った。

14

道長「この世をば我が世とぞ思ふ…」望月《もちづき》の歌で栄華の極みを世に知らしめる

長和四年（一〇一五年）道長は五十歳になり、彰子皇太后が五十の賀の祝いを行う。

三条天皇の眼病は重く悪化している。

前年内裏が焼失し道長が内裏造営の指示を行う。

長和四年には道長の権力をもって、新内裏が造営なったもののわずか二か月でふたたび焼失する。天皇の治世の不徳と言われ、長和五年三条天皇は幾度か道長に譲位を促されても断り続けたものの病気の悪化に加え、二度の内裏焼失に心身の負担が大きくやむなく譲位を決断する。

この頃に三条天皇が詠んだ歌

心にもあらでうき世《よ》にながらへば恋《こひ》しかるべき夜《よ》はの月かな

（心ならずも憂きこの世に生きながらえていたならば、今夜の月をきっと思い出すことだろ

う）『後拾遺和歌集』

道長の権力の前に、無念ではあるがもうこの世はうんざりで譲位しよう、早くあの世に行ってしまいたいと言外に見えるような三条天皇の悲運さが伝わる。

『百人一首』にも収録され、心情を察するに余りある歌で現在でも人気が高い。

故一条天皇と、彰子皇太后の皇子、敦成《あつひら》東宮が九歳で後一条《ごいちじょう》天皇として即位。

道長三十四歳の時、長保元年（九九九年）十一月一日に長女彰子を十二歳で一条天皇に入内させてから五十歳にして念願の孫の外戚を手に入れることが出来た。

天皇はまだ元服前の即位であったため、道長が摂政となり後見をする。

天皇の元服の加冠役を務めるためということで道長は一時太政大臣に就くが元服の儀が終わると、太政大臣を降り以後は大殿と呼ばれている。長男の頼通が摂政を継ぎ道長は政務を頼通に任せているが、摂政の任である官職を任命する除目《じもく》の草案など、頼通は道長にお伺いを立てねば事が進まない。

実資は、道長の威光を「帝王のようだ」と語っている。

道長の三女威子《いし》が後一条天皇に入内。

ここで、長女彰子は太皇太后《たいこうたいごう》に、次女妍子《けんし》は皇太后、四女威子《いし》が中宮となって、道長の娘三人が同時に后となる「一家に三立后《りっこう》が並び立つ」という前代未聞の道長にとっては思った以上の快挙となる。

寛仁二年（一〇一八年）十月、威子の立后の儀式の後、祝宴となり気持ちが高揚した道長が詠んだ歌が後世にまで伝えられた「望月の歌」である。

この世をば我が世とぞ思ふ望月の欠けたる事も無しと思へば

（この世は私のためにあるようだ、私の望みはこの満月のように欠けたところは何一つなく、叶えられて満足である）『小右記』

和歌と言えば心の襞を婉曲な表現で自然を取り込んで美しく詠みあげるものが多いが、この歌ほど率直にストレートに自画自賛した歌は珍しい。実資は返歌を促されたが、あまりにも立派な歌なので、皆で吟詠しましょうとなった。

道長は歌人としても有名で『勅撰和歌集』に四十三首も選ばれるほどであったが、「望月の歌」は選ばれていない。

「この世をば我が世とぞ思ふ……」つい口に出た道長の名歌？

本人の日記『御堂関白記』にも書き残された形跡はない。

あまりに無防備に自慢を賛美したことが、酔いが覚めて見れば恥ずかしくなったのかもしれない。実資が『小右記』に、威子立后の日の儀式を事細かに記述した際に道長の上機嫌な様子と「望月の歌」を記したことで、後世にまで伝わった。

皮肉や嫌味を入れるには恰好の歌であるが、堂々たる圧巻の詠みっぷりにこの歌には実資は何も付け加えてはいない。

この時期が道長の全盛で、平安時代の隆盛期であった。

天皇（一条天皇、後一条天皇）、中宮（彰子、妍子、威子）、外戚（道長）の三者が信頼関係を円滑に結ぶことができていて、大事、小事のあらゆることに意思疎通がスムーズに行えていた。

権力を遺憾なく発揮した道長で敵も多かったが、度量も大きくやはり卓越したリーダーであったから、後宮も上手く機能したのだろう。

人生の頂点に達した満足感をおおらかに歌い上げたが、道長にも確実に老いが近付いてくる。「望月の歌」の翌年、正月過ぎに胸の痛みを訴え目にも異常が現れ、養生しても胸の痛みは激しく、堪えかねて出家してしまう。出家するといっても病を治したいためであり寺や山に籠ることはしていない。

もともと信仰心が篤く興福寺をはじめ、奈良の諸寺への参詣もしている。

「現世、来世二世の幸福」を常に願っていたが、出家してからは、法会《ほうえ》、万燈会《まんとうえ》、供養などの行事が多く行われるようになる。

無量寿院《むりょうじゅいん》（後に法成寺《ほうしょうじ》と改称）の造営にとりかかり、二年後に落慶するまでに『栄花物語』には、工事のために荘園より人夫が一日に五百人、池掘りに五百人、仏の御座を造って磨くもの五十人などと大掛かりな造営の様子が記述され、なお道長は栄華を極めている。

万寿の世となり道長は六十代に入る。当時としては長寿である。

その年、敦良《あつなが》東宮妃の六女嬉子《きし》が皇子出産後に亡くなる。

まだ十九歳の若さでの死に、道長の嘆きは大きい。

翌年故一条天皇の中宮であった彰子太皇太后が出家、さらに翌年には次女の妍子皇太后が病で死去する。

あの「望月の歌」を高らかに歌い上げてから九年が経ち、いつまでも続くと誇った三立后が道長の生前に欠けていくとは道長本人は無論、娘の皇后たちも思ってはいなかっただろう。

華やかだった後宮の灯が次々と消え、道長は病に苦しみ栄華を担ってくれた娘たちに先立たれてあまりにも立派な無量寿院での供養もむなしく響く。

万寿四年秋は道長にとって人生で最も辛く寂しい秋であった。

15

光源氏の子薫君と孫匂宮の二人の愛を受け入れてしまった浮舟の悲劇

光、かくれ給ひにし後、かの御影に立ちつぎ給ふべき人、そこらの御すゑずゑに、ありがたかりけり。

（光源氏が亡くなられた後には、彼の輝かしく美しい容姿、才能、栄光などを受け継いでいる方は、たくさんの子孫の中にもなかなか見当たりません。）「匂宮」の帖

と「光源氏不在症候群」の女房や読者が肯きそうな文言から、光源氏亡き後の物語が始まる。光源氏が最後の姿を人前に現し、その神々しい姿に皆涙した「幻」の帖から、八年の空白がある。その間に光源氏は出家し逝去している。

今上天皇と、光源氏と明石の君との娘明石中宮の皇子匂宮と、光源氏の子息として表向きは育

っているが、女三の宮と柏木との不義の子薫君の二人が今都で美しい若者として評判である。

光源氏の長男夕霧は、親友の柏木の遺言で柏木の正妻女二の宮を見舞っている内に恋慕していたが、今では正妻雲居の雁の元と、女二の宮の元を律儀に月に十五日ずつ分けて通っている。

「匂宮」「紅梅」「竹河」の三帖は、光源氏時代から、子、孫の世代への移り変わりを説明しているような帖で、空白の間を読者に分かりやすく解説して、あとの十帖へ戸惑うことなく入り込めるような作者の心遣いでもある。本篇「柏木」の帖で生まれた薫君が「竹河」で二十三歳に成長しているところから、宇治を舞台に話がはじまり、「宇治十帖」と呼ばれる『源氏物語』の第三部の幕が開く。

「橋姫」の帖に入ると、桐壺帝の親王八の宮が登場する。八の宮は若い親王の時、光源氏が須磨明石に流謫の際に弘徽殿太后、右大臣側に、皇太子として担ぎ上げられた。しかしそれも束の間、光源氏が帰京してからは流謫前以上に政治家として成長し実権を握った彼が政権の中枢に復帰し、八の宮の存在は京では忘れられてしまう。

八の宮は京の館が焼失し妻は亡くなるという悲運続きで、二人の娘を置いては出家も叶わず、京の生活を断って宇治の山荘で俗聖のような生活を送っていた。

八の宮は宇治の山寺の阿闍梨《あじゃり》に仏道を帰依し、阿闍梨も八の宮の真摯な態度に好感を抱く。

阿闍梨は冷泉院に時折伺候しては仏道の質問に答えている内に宇治の八の宮の話が出る。冷泉院の前に伺候していた薫君は阿闍梨の話に出てくる八の宮に魅かれる。

薫君は、若くして出家した母女三の尼宮を不思議に思うこともあり自分の出生に漠然とした不安感を抱いていて、深い求道心から阿闍梨の話を聞くうちに八の宮の生活に憧れ、宇治に通うほどに互いに打ち解け合う。

宇治に通って三年目の秋、薫君が山荘に着くと八の宮は阿闍梨の寺に籠って留守であったが、山荘からは琵琶と箏の琴の合奏が美しく響き、薫君は垣根の隙間から八の宮の二人の姫君大君《おおいぎみ》と中《なか》の君《きみ》を垣間見てしまう。二人は可愛く、まるで宇治の守り神橋姫のようだ、と薫君は惹きつけられる。

八の宮が留守のため応対に出た老女の弁《べん》の君《きみ》は、母が柏木の乳母であった。

八の宮は薫君が大君と交際したい旨を弁の君から聞き、自分は宇治の山荘でいずれ出家したいが、娘たちは天皇家の家系に恥じない都の公卿に縁付かせたいと思っていたので、真面目な薫君が大君を見染めたことを大いに喜ぶ。

翌日、薫君は弁の君から、光源氏の子息ではなく女三の宮と柏木との不義の子であることを知らされ、柏木の乳母であった母が秘密裏に保管していた柏木の遺書、女三の宮の文を渡される。

やはり自分には出生の秘密があったのだ、と今までの霧は晴れたものの薫君は一人新な秘密を抱える衝撃的な宇治での一日であった。

唐突に八の宮が現れて、誰？　と戸惑う読者を本篇の光源氏の時代に遡って納得のいく登場で、二人の姫君を薫君が垣間見て、仏行に励みに来たはずが、八の宮までも、縁付けたいなどと俗な話へと発展していく展開に、本篇では都、宮中での恋物語であったが宇治という高級貴族の別荘地として有名ではあっても、自然をバックにした田舎でのラブストーリーとなると物珍しく思われる。

部屋の中が外から垣間見《かいまみ》出来るような出会いは、都の貴族の生活からは考えられないほどに無防備で、桐壺帝の八の宮でありながら落ちぶれて宇治の山荘住まいでは満足な寝殿でもなく、家司なども不十分で、薫君が当時の恋愛の手始めの所作のまず文、歌を送ることなどの手間を端折って、いきなり大君との交際を申し出るなどは、都の高級貴族との縁談話もある薫君にとっては、格下の相手と初めから思っている所からの恋物語の始まりである。

「椎本」の帖では薫君から聞く、宇治の姫君の話にいたく興味を示した匂宮は初瀬詣《はせもう》での帰りに宇治に寄り宴を開く。薫君も参加し、宇治川からのにぎやかな楽の音は八の宮の山荘にまで聞こえる。

八の宮は昔の華やかだった都の生活を懐かしく思い、娘たちがあのような若き公卿と結婚できればと願う。

宇治川で宴を楽しんだ後、薫君は八の宮の山荘を訪れて歓待されるが、匂宮は今上帝の三の宮という立場では仕える者も多く、八の宮の館を訪れることは出来ず自由に動き回れる薫君をうらやましくも思う。

匂宮は帰京後、山荘に手紙を送り中の君が返信すると、まめな匂宮は中の君にしきりに手紙を送ってくる。

秋、薫君は中納言に出世し多忙であったが久しぶりに八の宮を訪れる。八の宮は自分が亡くなった後の姫君たちを見捨てないで欲しいと薫君に託す。薫君は

「真心《まこころ》にうしろ見《み》きこえむ」

（決しておろそかには致しません、私の誠意をお見届けいただきたい）「椎本」の帖

秋の月は輝いて宇治の山の端に沈むのもまもなくと思われ、八の宮が昔話をしたあと、姫君た

ちを薫君と親しくさせるつもりなのか琴などを弾くようにすすめる。

月光に映えて美しい薫君の姿に、姫君たちは恥ずかしがって御簾の奥深くへと下がっていく。

薫君は大君の奥ゆかしい振る舞いに、恋心を強く抱くもその辺の男と同じと思われたくない、八の宮が進んでお許し下さったからと言って急《せ》いたりせず、季節や自然との風雅な手紙のやりとりには相応しい相手だ。

と鷹揚に構える一方で、心の中では、自分の掌の中に二人の姫君の未来を握っている、との自信が感じられる。

秋深まる頃、八の宮は山に参籠《さんろう》する前に姫君たちに、

「軽はずみな見苦しい結婚をしないように、宇治を離れてはいけない」と言い置く。

遺言であったかのように、八の宮は参籠の満願の頃に山寺で体調を崩し病死する。八月二十日頃であった。

突然の八の宮の死に、心の準備も身寄りもない姉妹に、薫君は京から駆け付け、葬儀、法事のすべてを執り行い、姫君たちは薫君を頼り、誠意に感謝する。

匂宮からは中の君宛てに見舞いの手紙が届く。

宇治の姫君を思いながらもなかなか宇治を訪れる暇がなく年末に訪れた薫の歌

たちよらむ蔭《かげ》と頼《たの》みし椎《しひ》が本《もと》むなしき床《とこ》になりにけるかな

(私が出家した折りには師と頼ろうと思っていたのに宮は亡くなり、庭の椎の木のある山荘の宮の部屋さえむなしくなってしまった)「椎本」の帖

年が明け、雪の積もる宇治の厳しい寒さの中、喪に服す姫君を訪ねる薫君は、襖の隙間から喪服姿の姫君を垣間見てしまう。

黒の袷《あわせ》の一襲《ひとかさね》を着した大君はやさしくしっとりとしているが華奢な姿が痛々しくて薫君は切なくなり、なお恋心がつのる。

中の君の方は愛嬌にあふれ可愛い。

薫君は、大君の奥ゆかしさに魅かれて思いを伝えるが、大君はもろもろ後見してくれる薫君をありがたく思うが恋心に関しては返事を避けている。

八の宮の一周忌が近い秋、阿闍梨、姫君たち、薫君は準備を始める。

「総角」の帖は、香机の敷物に垂らす飾り糸の総角《あげまき》結びを作る大君に、御願文《ごがんもん》(祈願の書)を書いている薫君が筆のついでに歌を書く

あげまきに長《なが》き契りを結《むす》びこめおなじ所《ところ》によりもあはなん
と書《か》きて、みせたてまつり給へれば、「例《れい》の」と、うるさけれど、
ぬきもあへずもろき涙の玉《たま》の緒《を》にながき契《ちぎ》りをいかが結《むす》ばん
（総角結びに二人の愛の契りを結び込めて糸が縒り合わされるように、いつもあなたに逢いたい
と書いて、大君に見せると「また、いつもの」と煩わしいが
貫き通せない涙の玉のように、もろい私の命は末永い契りなどどうして結べましょうか、御身とは結べません）「総角」の帖

と、大君はこの世をあきらめている厭世観が強くまた父の遺言の影響もあって薫君の恋のアプローチは拒絶する。

薫君は地位、人柄、美貌すべてに於いて素晴らしい。

自分は結婚を考えないが、中の君には天皇家の血筋の姫君として幸せな結婚をして欲しい。

匂宮から中の君に八の宮逝去のお見舞い文など来るが、匂宮は、都では光源氏の色好みの血を

ひいて多情との噂とか。薫君は、匂宮は三の宮という立場上宇治に気軽には来られない、と弁護していたがどうも信頼に欠ける。

その点薫君は誠実で父八の宮の信頼も篤かったことなど、大君は思いあぐねた末に、薫君に中の君と結婚して欲しいとの思いを、老女の弁の君を通して自分の真意を伝える。

薫君は、今さら別の人に気持ちを移すなど出来ない、無常のこの世で気兼ねなく話し合える方である大君に、親身にお付き合いいただきたいと大君への恋慕を訴え続ける。

幾度か大君と結ばれるチャンスがあったのに、薫君はそのうち大君が自分の思いを受け入れるだろうから焦らずに時を待とうとゆったりと構えていたが、大君が妹の中の君のことが心配ならば、匂宮と中の君が結ばれたなら、大君も安心して強情を張ってあしらっている自分の愛を受け入れるだろうと思い立つ。

大君の思いを深く考えることの出来なかった薫君は、手前勝手な思いに憑りつかれると今回は行動が素早く、匂宮を宇治に案内して中の君の寝所に導く。

薫君の謀略を知った大君の怒りと嘆きは大きく、薫君への信頼は失われ、恨み、拒否感は前よりも強くなる。

匂宮は平安時代の結婚の儀式を守って京から宇治への山路を三晩続けて通い、結婚を成立させる（三日夜《みかよ》の餅《もち》）が、立場上宇治への訪れは間遠となり、大君は、匂宮はやはり噂通り浮気者だと思い、中の君に同情し薫君を恨む。

宮中では匂宮と夕霧の六の君との結婚話が進む。光源氏の長男の姫君で美人の誉が高く、当然正妻格である。

夕霧も匂宮の母明石中宮も大乗り気であり、中宮はこのところの匂宮の宇治行きには厳しい。大君は女房から六の君と匂宮との結婚話を聞かされ、思っていた以上の最悪な事態になってしまった、哀れな妹、父八の宮の「浅はかな結婚をしてはならない」という遺言を守ってやれなかった自分を責め病に伏してしまう。

薫君は宇治に詰め大君に寄り添い大君も薫君を枕頭に招き、二人の間は縮まり薫君にとっては大君の優しさに感涙するが、大君は苦しく返事も出来ないほど衰えていた。

薫君に看取られて大君は「物の枯れゆくようにて、消え果て給ひぬる」とあるように薫君と最後には心が通じあったがはかなく亡くなってしまう。

匂宮は六の君との結婚の準備もあり、宇治への訪れは厳しいが、母明石中宮は大君の死で悲しんでいる薫君を見るにつけても、宇治の姫君はよほど魅力があるのだろうと察して、中の君を京に引き取ってもよいと許し、匂宮は中の君に京への移転を伝える。父も姉も亡くなった今、頼るのは匂宮なので中の君は父の「宇治を離れるな」の遺言を思うが京に移り住む決心をする。伝え聞いた薫君は、自分が三条の邸を完成させたら大君を移そうと思っていたのだから、代わりに中の君を京に呼んでお世話すればよかった。と本当は自分が宇治の八の宮との縁から姫君の後見を頼まれたのに、どこからか歯車がかみ合わなくなって今すべてを失ってしまった、と自分の奇妙な謀略から思いもかけず破綻してしまった無念さはプライドの高い薫君にとっては辛く、宇治の冬の風は一層冷たく感じられた。

大君と中の君を巡っての恋物語は、哲学的、宗教的でさらに出生の秘密を抱えて懐疑的な陰性であり消極的な薫君に対して、匂宮は好色で快楽的、深く考えない直情型の陽性、と二人の貴公子の性格の違いが大きく作用している。

「宇治十帖」は登場人物の性格、心理描写、相手の反応の仕方など実に繊細に描写されていて、当時にはない近代小説のような展開になっていて面白い。

登場人物も限られ、八の宮の山荘という狭い場所での物語の展開であるが常に宇治の四季を、時に穏やかな草木を、時に厳しい寒風の雪景色を宇治川の流れの音までが聞こえてくるような設定をバックに取り入れている。作者が宇治に居住してこその臨場感と思える。

若き四人の恋が映像に身を置いているかのような行間の効果も感じられ、素晴らしい。二人の貴公子の性格、行動、雰囲気がしっかりと読者に伝わり、自分は薫君が好き、私は行動的な匂宮よ、と読者の気持ちを摑みきった「宇治十帖」の一つの恋が散った。

「早蕨」の帖に入ると宇治にも春が訪れ重々しかった前の帖から明るい早春の芽吹きが感じられる。

阿闍梨が八の宮の生前の習わし同様に宇治の山の蕨、土筆《つくし》を籠に盛って贈って来る。八の宮も大君も亡くなって中の君はこの早蕨をだれに見せればいいのか、と一人になった寂しさに改めて涙する。

行動派の匂宮は中の君を一刻も早く京に呼ぼうとし、中の君の準備を後見人の薫君が宇治まで行って世話をする。

大君が亡くなって面やつれした中の君は大君によく似てきた、と薫君はなぜ中の君を譲ってしまったのかと、またもや後悔する。

「早蕨」の帖は中の君が長年いた宇治を離れて京の二条院に移って行く心情や、薫君の自分の手の中に納まってもよかったはず、と後悔する様子を淡々と描いた短編。

大君の厭世観、頑固さ、宗教観などを持ち合わせていない中の君がいともあっさりと宇治を去って行くが、本人も都の宮中で東宮となるかもしれない匂宮を頼ってこの先大丈夫だろうかとの不安を、読者も共に感じてしまう。

一方中の君の、目の前の幸せに懐疑的にならず厭世的にもならず女の一生を自ら淡々と受け入れていく姿勢に芯の強さも見られる。作者が中の君の魅力をどのように紡いでいくのか次の帖が楽しみである。

「宿木」の帖に入ると、二月に京に入って二条院の生活にも慣れてきた中の君に、匂宮と六の君の結婚が八月との噂が入り、以前にも聞いてはいたが左大臣夕霧の姫君、あの光源氏の孫となれば最高貴族である。自分はものの数にも入らない。宇治へ行きたい。

中の君は五月頃から妊娠の身である。

匂宮は訪れれば多情多感で、六の君のことなどは中の君をおもんばかって一言も口にしない。

匂宮なりに中の君を大切にしている。

が、いざ六の君と盛大な結婚式を挙げると、六の君の可愛いのにしっかりとした居ずまい、受け答えに魅せられ、中の君への訪れが間遠になる。

中の君は不安な心持ちの折りから、薫君が八の宮や大君の法要を宇治で立派に行ってくれたことへの礼状を出す。
昔を忘れずの供養に感謝を書いた後

おろかならずのみなむ。さりぬべくは、身づからも

（ご厚意に感謝いたします。もし適うようでしたら、直にお目にかかってお礼を申しあげたいと思っております）「宿木」の帖

今まで中の君からは返信も遠慮がちなのに、今回ははっきりと直にお目にかかって、と書かれていることに薫君は有頂天になる。匂宮が六の君の華やかな美しさに魅かれ、中の君の元への訪れが間遠になっていることに同情している薫君は、珍しく素早い行動振りで、次の日の夕方には恋しい人を訪ねるのにふさわしい衣装に濃く香を焚きこめ素晴らしい美しさで中の君を訪ねる。

このところの匂宮を不実に思う中の君は薫君の美しく立派な様子に薫君のほうが優っていると感じてしまう。

父や姉の法要を宇治まで行って催してくれた御礼を申し上げるのに、お呼びしておきながら御簾を隔てたままでは情の分からない女と思われるのではないかと思い、中の君は御簾の内の廂《ひさし》の

間《ま》に薫君を招じ、自分は簾の内側に几帳を立てて、部屋のやや奥に控えて対面する。

中の君が宇治に連れて行って欲しいと頼むのを薫君は匂宮に無断で宇治に連れて行くことなどは出来ないと言いつつも、中の君の京での生活に取り残されている哀れさを感じ取り、奥へ入ろうする中の君の袖を抑える。

今までの恋情を抑えきれず掻き口説き迫る薫君に、中の君は油断していた自分を責めて泣く。ますますいとおしく思って身を寄せる薫君は中の君に真っ白な腹帯が巻かれていることで、匂宮の子を懐妊していることを知り、それ以上の振る舞いは慎む。

翌日久方ぶりに訪れた匂宮は、中の君が用心して取り替えた衣装であっても、中の君から薫君の芳香が微かに香ることを見逃さず、二人の関係を確信したかのように中の君を責める。

言い返す言葉もなく身重で痛々しく誰をも頼れず孤独な中の君が哀れである。

匂宮は疑念を抱きつつも、中の君を可愛く思って変わりなく大切にする。

年が明けると、中の君は男児を出産する。

今上帝の三の宮の御子として披露され、中の君は正妻ではなくとも世間には認められて心も落ち着き、京での居場所は安定したものとなっていく。

薫君は権大納言兼右大将に昇進、今上帝の皇女二の宮と結婚する。四月には三条の館に降嫁、その宴での薫君の歌を。

すべらぎのかざしに折《を》ると藤の花及《およ》ばぬ枝《えだ》に袖かけてけり

（帝の挿頭《かざし》に献じようと藤の花を折ろうとして、思いもかけない高嶺の花に袖をかけてしまいました）「宿木」の帖

と帝の女二の宮の婿になったことを誇って高らかに歌い上げている。原文では、歌のあとに、さも得意顔なのがいかにも憎い。

と書かれている。

これほど公的に順調な薫君が逃してしまった恋人にはこだわり続け、いまだに大君の身代わりとの思いも加わって、中の君にご執心なのである。

名実ともに中の君は匂宮の妻と思っても、薫君は中の君を自分の物に出来なかったことが残念である。後見人として中の君を訪れた際、異母妹が一人いるとの話を中の君から聞く。

薫君が宇治を訪れた時に中の君の異母妹を垣間見、大君によく似ている浮舟《うきふね》を知ることとなる。

あの、仏行三昧の信仰心篤い八の宮に、隠された三女がいることに読者は驚くが、「東屋」の帖

での薫君は大君の身替りとして自分の女にしようと、大君、中の君の二の舞はすまいと誰にも明かさず浮舟を宇治にかくまう。

「宇治十帖」のヒロイン浮舟の登場であるが、浮舟は八の宮に仕えていた中将の君との間に生まれ八の宮にも疎まれていた存在であり、薫君は女二の宮と結婚したばかりなので大君の人形《ひとがた》、つまり身代わりとしてしばらくは宇治でひそかに世話をしようと思う、中の君よりは格下の扱いである。

都の姫君ならば琴や和歌の心得は習得しているが、浮舟は八の宮から追い出された母が再婚した相手と共に常陸で育ち、都の姫君のような教養は持ちあわせていないことを知りながら、深窓の姫君なら知っている琴の曲をあえて浮舟に問う薫君に意地の悪さを感じる。

「浮舟」の帖は再び宇治の山荘が舞台となり、若い貴公子と浮舟の恋物語が繰り広げられる。以前、浮舟が母と中の君を訪ねた折りに匂宮は新入りの可愛い女房かと近寄り、その場は事なきを得たものの匂宮は忘れてはいない。

中の君への手紙で浮舟がいつのまにか薫君の女となって宇治にかくまわれていることを知った匂宮はいつもの好色な行動力をもって真夜中に宇治まで行き、薫君と偽って浮舟の寝所に紛れ込む。

多情多感な匂宮は明るい楽しさで浮舟の心を摑むと、多忙な身なのに宇治に泊まって浮舟を楽しませて離さない。

会えば哲学的、宗教的で目線の高い薫君は立派で見栄えもし面倒見もよく、これからを頼っていける方ではあるが、匂宮の恋上手は素晴らしく楽しい。睦み合う二人の姿を絵に描き、自分と逢えない時はこの絵を見て思い出してなどと言って見せられ、若い浮舟は陽気で情熱的な恋に溺れそうで危うい。

翌日、京に戻るのが辛いと匂宮が嘆く以上に浮舟も匂宮とは別れ難い。

宇治に何不自由なく生活の面倒は見ていると、安心している薫君は手の空いた時に宇治の山寺を訪れたりした後、夕方になって浮舟の元を訪れる。

浮舟が急に大人びた風情を漂わせ、なお大君に似てきたなどと満足し、匂宮との逢瀬があったことなど知る由もない。

宇治は遠いので、春頃には京に移したいと話す。

匂宮からの文にも近々京に呼ぶ予定とあった事を思うと、生活の面倒を見てくれてこれからの先行きを頼れるのは薫君である。浮舟は匂宮との逢瀬が忘れられないことを、薫君に申し訳なく恥ずかしく思い心苦しい。

二月、京に雪が降り、宇治にも雪が降り積もる厳しい冬、匂宮は途中木幡《こはた》の雪の山道を難儀しつつも浮舟の元を訪れるや、夜中に宇治川に小舟を出して浮舟を乗せて対岸の家来の小屋に連れ出す。

冷たい風が凍てつくような宇治川を渡る小舟の中で、浮舟は匂宮に身を寄せ、匂宮はしっかりと抱きしめる。川の中程にある小島の脇を通り抜ける時に詠んだ浮舟の歌

たち花の小嶋は色《いろ》も変《かは》らじをこの浮舟《うきふね》ぞゆくへ知られぬ

（橘の小島の緑もあなたの心も変わらないと思うけれども、波に浮かぶ小舟のように、はかない私の身はどこに漂っていくのでしょう）「浮舟」の帖

はかなさを読んでいる浮舟ではあるがこれほどまでの情熱的な匂宮に感激し、二日間の二人きりの情愛に耽溺して薫君よりも匂宮に傾いている。

若い浮舟の思いも付かぬ真冬の宇治川に連れ出しての激情の密会を演出する匂宮であるが情熱に翻弄される浮舟を

「この女は姉の一の宮の女房にしたら美しく映えるだろうな」

雪の宇治川に小舟を出す匂宮の激情に、浮舟も陶酔？

と心の中で呟く。

匂宮は自分たちの周りの者よりも浮舟を格下に見ていて、薫君にしても同様であるが、浮舟本人は見下げられていることに気付いていない。

本篇で、光源氏にあながちに迫られた空蟬《うつせみ》が「私の身分が低いから無体なことをなさるのでしょうか、低い身分でも身分相応な生き方がございます」

と涙ながらにきっぱりと心は拒絶する強さに、光源氏がたじろぐシーンがあるが、浮舟には見下げられているあわれな存在という本質が分かっていない。

が二人の貴公子が取り合うほど可愛く官能的な魅力がある。

やがて薫君は匂宮と浮舟の文のやりとりを知る。

「匂宮は何と恐ろしく抜け目のないお人か。いつあの女が宇治にいると知ったのか、どのようにして言い寄ったのか」

と驚き、今まで自分は中の君を譲ったり、世話したりしてきたこの私に選りによって後ろ暗いことをするとは、と怒りが抑え切れない。

怒りは浮舟にも向けられる。

「人の心は難しい。愛らしくおっとりしていながら好色だったとは。匂宮とは浮気者同志でお似合いか」

匂宮に譲って自分は身を引こうか、とも思うものの匂宮はすぐに飽きて女房として奉公に出されるのも哀れか、自分ももともと正妻にするつもりもなかったのだから隠し妻としておいても、などなど薫君は見苦しいほどに考えあぐねた末に浮舟に送った歌

浪越《こ》ゆる頃《ころ》とも知《し》らず末《すえ》の松まつらんとのみ思《おも》ひけるかな

人に、わらはせ給ふな

（あなたが他の男に心変わりしているとも知らず、ひたすら私だけを待っているものと思っていたのに

私を愚か者と人（匂宮など）の笑い者にしないで下さい）「浮舟」の帖

受け取った浮舟は、人違いの文のようですと薫君の手紙に添え書きして送り返す。

薫君は、恨み言を言ってやったのに上手く躱《かわ》すな、思った以上に機転の利く女だと苦笑する。

浮舟は薫君が匂宮との関係を気付いている、と手紙から察し身の置き所がない。

事情を知っている女房が、愛情が優っていると思えば匂宮に決めたらよろしいのではと言うのを聞くと、今までとてもよく面倒を見てくれた薫君とお別れするなどとは決断できないと浮舟の悩みは深くなる。

あれほど良くしてくれた中の君にも、夫の匂宮とこうした関係になってしまって申し訳なく思い、何と自分は情けない身になってしまったのだろう、と苦しみ嘆く。

匂宮はいっときも早く京に呼ぼうと浮舟を急かせる。薫君も京に移すよう準備をしている。

浮舟は思いもかけず二人の男の愛を受け入れてしまった自分を責めるが、薫君には恩義があり誠意を感じるが、匂宮の熱情も切ないほど恋しい。そう思うことが恥ずかしい。

自分は生きていても辛く、死んでしまう方がよい。

浮舟は二人からの恋文を焼き、水に流し宇治川の響きに吸い寄せられるように身を投げるしかないと思い詰め、命の定めと覚悟を決める。

「山荘では翌朝浮舟を探して女房たちが大騒ぎをするが、その甲斐もなく行方はわからない」と「蜻蛉」の帖の書き出しで、浮舟失踪が語られる。匂宮との関係が薫君や世間に知られるのはまずいと、右近や侍従は亡骸のないまま葬儀を済ませてしまう。

薫君は母女三の尼宮の病気平癒祈願に石山寺に籠っていて、浮舟の葬儀の話を聞き驚くが、やはり匂宮が関わっているものと確信し、匂宮に会うと

「宇治に浮舟を囲っていたが、自分一人を頼っていたわけでもなさそうなので、あなたの浮気の相手に差し上げようかと思っていた」

とあてこすりや皮肉を言って、嘆き悲しんでいる匂宮に嫌味を浴びせる。

浮舟の葬儀から四十九日が過ぎると、あれほど悲しんでいた匂宮は女房たちと色恋を楽しみ始め、薫君は憧れの女一の宮が氷を割ろうとしている姿を垣間見て、妹で妻の女二の宮に、女一の宮と同じような衣装を着せて氷を持たせるという悪趣味を楽しむ。

浮舟の存在感は圧倒的であったが、張り詰めた空気が、「蜻蛉」の後半で、二人の貴公子のだらしなさによって一気にしぼみ、浮舟がなお哀れに感じられる。

その頃横川《よかわ》に「なにがしの僧都」という徳の高い僧侶がいた。

「手習」の帖の書き出しで、比叡山の北谷にある横川に読者は導かれていく。

僧都の母老尼が初瀬参りの帰りに宇治あたりで具合が悪くなり、僧都は急ぎ宇治を訪れ、木の根元に倒れている女を発見する。具合の治った老尼は僧都の妹尼で小野の里の庵に女を連れ帰り面倒を見る。

女は氏素性は語らず、死にたいと泣くばかり。

この辺りで、当時の読者は浮舟が生きていた！　と驚き、うれし泣きをしたであろう。

死ぬことも叶わなかった浮舟は僧都に尼にしてくれと頼み、出家する。

千々に乱れていた心が出家をしたことによって落ち着き、暇な折りは手習いなどして過ごす。

小野の里の庵に、薫君が宇治に囲っていた女の一周忌のための女装束を縫ってほしいとの依頼が入る。

浮舟は仏行三昧であったが、薫君が自分のことを忘れていないことに涙する。

僧都は宮中で自分が尼にした不思議な女の話をし、これを聞いた明石中宮は薫君に話す。

薫君は浮舟に違いない、と驚いたが薫君らしくすぐに探すのは世間体が悪い、惨めな尼姿ではないだろうか、匂宮が聞いたら還俗させるだろう、死んだと思ってあきらめようかなどと相変わらず逡巡しながら、比叡山参詣の帰りに浮舟の弟を連れて横川を訪れようと決心する。

「夢浮橋」の帖に入ると、薫君は比叡山に参詣し横川の僧都を訪れ浮舟発見の様子を聞き浮舟の生存を実感し涙する、その様子に僧都は出家させてしまった女は権大納言薫君の想い人だったのかと授戒を後悔する。

翌日、薫君は面倒をみていた浮舟の弟小君に還俗を勧める僧都の手紙と、自分の手紙を持たせて小野の里の浮舟の元に使いとして出す。

「出家や入水など罪深い行いをしたあなたですが、僧都に免じて許しましょう、もろもろの積もる話をしたい」

などと薫君らしく細々と書いた手紙であった。

老尼から手紙を見せられて薫君の懐かしい香りの文であったが、浮舟は弟には会いたいと強く思うが、人違いでしょう、と突っぱねて会わずに手紙もそのまま返し、泣き伏す。

手紙も渡せず戻った小君の要領の得ない返事に今か今かと帰りを待っていた薫君は興醒めし、文を持たせての使いなど出さなければよかったと不快になる。

いろいろと思いを巡らせた薫君の心境

「『人の、かくし据《す》ゑたるにやあらむ』と、わが御心の、思ひ寄《よ》らぬ隈《くま》なく、落《おと》し置《お》き給《たま》へりし

ならひに」とぞ。

（「『誰か男がいて囲っているのかもしれない』と自分がかつて宇治に浮舟を囲って見捨てるように置いていた経験から薫君は疑心暗鬼な思いを持たれた」……と言うことです。）「夢浮橋」の帖

この文言を持って「宇治十帖」はお終い、『源氏物語』五十四帖の完結である。

「夢浮橋」は文字を見ても、音読しても美しい帖名であるが、文中にこの言葉はない。が、「宇治十帖」のいや『源氏物語』五十四帖の最後の帖名に似つかわしい響きが感じられる。とは言え、光源氏の親の時代から子、孫まで四世代八十年近くに及ぶ大長編物語の最後にしては、ハッピーエンドの大団円の終わり方ではなく、唐突に帖を閉じる。

『源氏物語』の本篇では光源氏が苦悩や孤独な老年期から最後は心が洗われたように人生の灰汁《あく》を流し去って素晴らしい姿で人前に現れ、出家を決意し、心も穏やかになっている。

背後には、孫が元気に声高に走り抜ける様子にこの世が続く確かさを感じ、まさに大団円で終わる光源氏の人生であり、さらに物語のエンディングに読者は大満足の豊かさを味わった。

一転して「宇治十帖」に入ると、あの華やかな宮廷恋愛物語から美しくも時には凄みすら感じられる宇治の自然の四季をバックに五人の若者の心理描写を深く織り込んだ激しい葛藤は愛の不毛か、それとも愛の自立なのかをすばらしい恋愛物語の中で問うている。

「浮舟」の帖で物語は頂点に達し、意外な結末で唐突に終わる。

八十年の長き間となれば、世の中の政治も社会も変わり、人の心も変わって行く、作者はそれを言いたかったのかもしれない。

次の世代に希望を持たせた本篇最後の「幻」の帖から薫君の哀れにすら思える述懐で終わる「夢浮橋」の帖までに輝かしかった平安時代が成熟期から爛熟期を超えて、当人たちは気が付かなくても少しずつ坂道を降り始めていることを物語で示唆しているのではないだろうか。紫式部の厳しい作家目線を感じる。

「夢浮橋」とは男と女の恋も、人生そのものも、所詮はかない夢のようなもの、でも時には誰でも夢を見たい。

五十四帖を書き終えた紫式部が満足感、達成感、疲弊感などを込めて筆を置く。

『源氏物語』の掉尾を飾るにふさわしい最終章が「夢浮橋」であった。

16

紫式部、子女の教育の大切さを『源氏物語』の中で力説

退任して彰子皇太后の宇治の別荘に仮住まいをし女房生活の疲れが取れてくると、光源氏亡き後の子、孫の話を書き続けたい、いや書かずにはいられない衝動に駆られる。京から宇治への山道を超えての道のり、宇治川の穏やかな流れ、時には烈しい急流の響き、雪の吹雪く厳しい冬、住んでみるとこの宇治をバックに物語を書き進めたくなる。本篇は光源氏の華やかな恋愛模様が宮中で好評となり、道長に催促され、一条天皇に認められて女房たちの集まる中、朗読を皆で聞く。作家としての華やかな栄光に恵まれていたが、今は宇治で当てもなくたった一人で書き続けなくてはならない。

若い頃から常に厭世観に憑りつかれていた紫式部であったから宮中を退任したらすぐに出家しようとの願望であったが、作家としてはどうしても光源氏の子、孫の世代まで書かなければ納得

できないとの思いが湧き上がって来る。

ところで紫式部の特質として教育に関心が強く、平安時代に子女の教育の必要性を真摯に考えている。

『源氏物語』の中で、光源氏に男児にも女児にも日常の教育の必要性を説いたり、語らせている場面も多く、紫式部の熱意が感じられ、一千年前に子女の教育の必要性を実践的に語っていることは、単に恋愛物語だけではない意義あるものである。いくつかの場面を原文から列記してみたい。

女子《ご》を生《お》ほし立《た》てんことよ、いと、難《かた》かるべきわざなりけり。宿世《すくせ》などいふらんものは、目《め》に見《み》えぬわざにて、親《おや》の心にまかせがたし。生《お》ひ立《た》たむ程の心づかひは、猶、力《ちから》いるべかめり。

（女の子を育て上げると言うことはなかなか大変なことだ。絶対的な宿命などは目に見えないから、結婚なども親の思うようにはならない。であるからこそ猶、成人になるまで親は子の日頃の教育に力を入れおろそかにしてはならない。）「若菜下」の帖

明石の姫君の教育にあたって光源氏は紫の上に自説を述べる。

よしなからぬ親《おや》の、心とゞめて生《お》ほしたてたる人の、子めかしきを、いつけるしるしにて、後《おく》れたる事おほかるは、「なにわざして、かしづきしぞ」と、おやのしわざさへ思ひやらるゝこそ、いとほしけれ。げに、さいへど、「その人のけはひよ」と見えたるは、かひあり、おもだたしかし。

（慎みのある立派な親が大切に育てた娘が、無邪気で鷹揚ではあっても欠点が多いのはどんな愛育、しつけをしたのかと親の育て方まで考えさせられてしまうのは気の毒です。とは言うけれども娘を見て「いかにも身分にふさわしい振る舞いだ」と他人に見られることは親の面目が立つというものです）「蛍」の帖

光源氏は長男夕霧を、親の地位が高いために飛び級させるような慣例に逆らって、自分の実力で地位は摑み取る物と大学で学ばせることを、夕霧の祖母大宮に語ったあと

猶、才《ざえ》を本《もと》としてこそ、大和魂《やまとだましひ》の世に用《もち》ひらるる方《かた》も、強《つよ》う侍らめ。

（されば、やはり学問（漢学の才）を基本の根底としてそこに日本古来の知恵や良識（魂）と

が補完しあってこそ能力が発揮される）「乙女」の帖

こうした教育の大切さ、日常の学びの必要性、親が子を目を離さず見守ることの重要性などを紫式部は『源氏物語』の中のあちこちで語っている。

子供の教育、親がしなければならない大切なこと、など現代でも課題になる事柄を、紫式部は確信を持って追及していることは特筆すべきことである。

紫式部自身も娘の教育には気遣いしたことが窺える。

宣孝との結婚生活はたった三年と短い期間であったが、女児（賢子）に恵まれる。賢子は親の天分、ことに父の宣孝の歌の才能を受け継ぎ歌人として力を発揮した。母子共に百人一首に残され、千年後までも人口に膾炙されている歌を列記してみよう。

めぐりあひて見しやそれともわかぬまに雲がくれにしよはの月かな

（久しぶりに幼友達のあなたと逢えたのに、あわただしく帰ってしまったあなた。雲間に隠れてしまう夜半の月のように）紫式部『紫式部集』

有馬山《ありまやま》猪名《ゐな》の笹原《さゝはら》風吹《ふ》けばいでそよ人を忘《わす》れやはする

（有馬山に近い猪名の笹原で、風がそよそよと音を立てて吹きます。そうよ、そうなのよ、あなたを忘れることなどできるでしょうか）大弐三位（藤原賢子）『後拾遺和歌集』

紫式部が熱意を持ち続けていた子の教育を、我が娘にも実践していたことが窺える。

なお、大弐三位は、紫式部の死後母と同じ彰子皇太后に宮仕えしている。

母の宮仕えの生活を間近に見て育ち娘心に自分も宮仕えをしたいという願望を持ったのは、母紫式部が人との社交に難点を持ちながらも彰子皇太后からの多大な信頼を受け、互いにリスペクトし合っている関係が、何よりも娘の教育に良い結果をもたらしたと言える。

女児の教育の重要性は「宇治十帖」で、八の宮が都を追われ、落ちぶれて出家したいが娘二人を育て上げるまでは、と娘たちに恥じない教養をつけるため出家を延ばしていた話にも見える。

紫式部はもう書きたいことはすべて物語に盛り込んだとの思いであったであろう。

「宇治十帖」の終末は平安全盛期の貴族社会が衰退から崩壊へと向かっていることの繊細にし

て鋭敏な紫式部からの示唆である。

厭世的な紫式部がこの世は憂き物と思いながらも、人付き合いの難しい宮仕えを続けられたのは、彰子中宮（後の彰子太皇太后＝上東門院）の人柄を敬愛し、尊敬していたからであった。

宮仕えを退いてからも互いを必要として交流は続く。

そんな時に、「宇治十帖」を差し出すと、彰子皇太后は大喜びで、かつて道長が女房たち総出で、原稿を綴じて冊子に仕上げたように「宇治十帖」を『源氏物語』の大尾として組み入れたと想像するに難くない。

ここに『源氏物語』は五十四帖として完成された。

紫式部はその後宇治に庵を結んで出家し、数年後に亡くなったのではないか、と思われる。

17

道長は女運に恵まれ、女心の掌握の術を心得ていた

平安時代の中期に最強の摂関政治を築いて隆盛期を作り上げた道長であった。摂関政治の集大成には、天皇、中宮、中宮の父親の大臣か摂関、の三人の意思疎通が円滑であることが最も重要なことである。三者の意見の一致が必要である。そして太政官をしっかり掌握していれば、政治は円滑に運営されていく。

道長の時代を振り返ってみると、一条天皇の母詮子《せんし》は、道長の姉で、兄弟の中ではことに道長を可愛がっていたので、道隆が亡くなりさらに次兄の道兼も亡くなって道隆の長男伊周と道長で政権を争ったとき、詮子が一条天皇に道長を勧め、道長は右大臣と氏長者を手に入れ急激に出世の道が開かれていくこととなる。

前にも述べたが道長は、左大臣源雅信と穆子の娘倫子に結婚を申し込むが、宇多天皇の孫雅信は源氏のプライドがあり、倫子を天皇へ入内させようと思っていたので、道長の申し込みを断る。

が、穆子は、道長の将来に賭けて倫子を道長と結婚させることを雅信に承諾させ、道長を婿に迎える。

道長と倫子は夫婦仲もよく、六人の子供に恵まれる。

彰子（長女）＝一条天皇中宮。後一条天皇・後朱雀天皇の生母
頼通（長男）＝後一条天皇摂政。後朱雀天皇・後冷泉天皇関白
妍子（次女）＝三条天皇中宮
教通（五男）＝後三条天皇関白
威子（三女）＝後一条天皇中宮
嬉子（六女）＝東宮敦良親王妃、後冷泉天皇生母

と、天皇に次々と入内させる娘が四人も生まれ、穆子の先見の明に驚く。

男社会の平安時代であるが、個性的で「女の勘」を働かせて社会を動かすような意見をずばり進言する女性もいたのだ。

道長は年上の権力のある女性に気に入られたようで、人生の節目節目にその助言に寄って得難い好運を手に入れている。

紫式部や、和泉式部などの才ある女性を彰子中宮のサロンに引き寄せる折りにも才能を認める

ことに躊躇しない。当時の男性社会では稀有な特質で、本人の成功に結び付いていく。穆子は夫左大臣源雅信が亡くなった後、出家して「一条尼」と呼ばれ、道長の昇進、孫娘の彰子の入内などに接し、七十歳を祝う修法を道長夫妻が大々的に行うなど、良好な関係であった。娘たちが次々に親王を生み、外戚に恵まれたことに加えて、四納言が道長に協力的で意見が一致していたことも、政治がスムーズに運んだ大きな要因である。

その当時の四納言は、藤原行成《ゆきなり》、藤原公任《きんとう》、藤原斉信《ただのぶ》、源俊賢《としかた》と優秀な人材で道長の補佐役として信頼関係にあったのは、道長の多少怒りっぽいと言われても根は穏やかでおおらかな人柄が功を奏したと言える。

こうして道長が内覧の宣旨を受けた三十歳から出家する五十四歳までの長きに亘って権力闘争はあっても大きな戦はなく摂関政治の安定した地位を保った。

長男の頼通は道長の全盛時代に、内覧、摂政、関白と、他人と権力闘争をすることもなく順調に出世街道を昇って父道長には何事も相談するが、自分自身の意志はしっかりと持ち、道長も彼の政治方法に口を出すことはせず、見守った。二人の間は理想的であったが、頼通には娘がなく、敦康親王の次女を養女にして後朱雀天皇に入内させるが皇子は生まれなかった。弟教通は、外戚になりたくて二人の娘を入内させるが皇子は生まれず、後一条天皇は二十九歳の若さで亡くなる。

道長が次々と娘を入内させ、皇子が生まれて外戚として繁栄を誇り後宮の華やいだ時代を作り上げた。頼道の時代になると外戚になり得ず摂関政治は自然消滅の様態になってしまう。

道長が勢力、財力に物を言わせて才気ある女房を集めて築き上げた活気ある王朝サロンを引き継ぐ者は次世代の後見人の中には見当たらず歴史上稀な現象として一世を風靡したが、道長と共に衰退していった。

万寿二年六十歳になってからの道長は六女嬉子の死、長女彰子太皇太后の出家、次女妍子の死と続き自分も患う日々で苦しむ。

万寿四年（一〇二七年）十二月四日、六十二歳で道長は華麗なる生涯を閉じた。

重厚な葬儀が行われ、遺骨は道長が氏長者として守った藤原氏の木幡《こはた》（京都と宇治の間）の墓地に埋葬された。

ここにちょっと怖くて面白いエピソードがある。

道長が亡くなって七十余年を経た康和《こうわ》二年（一一〇二年）閏五月十二日に木幡の道長の墓が鳴動した、と道長の玄孫《やしゃご》藤原忠実《ただざね》の日記「殿暦《でんりゃく》」に見られる。

道長は自分が築いたあの華やかな一条天皇、彰子中宮、紫式部が集って光源氏に夢中になった王朝サロンを思い出して鳴動したのだろうか。

跋

エピローグ

彰子中宮は平安時代全盛期中の七十六年間もの長きに亘って後宮を守る

紫式部が宮仕えした彰子中宮が、平安時代の王朝サロン全盛期の女主人である。

道長の長女として永延二年（九八八年）に生まれる。

世は二年前に即位した一条天皇の御代であり、道長の長兄道隆が非参議から権大納言に出世し、娘定子を入内させ強引に中宮にするとさらに摂政、関白となって権力の座に就く。

定子と一条天皇とは相思相愛相和す仲で文学、芸術嗜好の強い天皇は三歳年長で教養もあり明るい性格の定子の華やかな部屋を気に入っている。

この様子は、定子のお気に入りの女房、清少納言の書いた『枕草子』に詳しい。

前にも述べているが、この頃の政権を彰子側から見ていきたい。

道隆は定子に皇子が生まれ、外戚となるのは間近と思って自分の息子伊周を関白にしようと画策したり、次女原子を東宮妃に入内させたりと自分の周りを固めることに躍起となっている。

道長は道隆のこうした焦りに、ついていけないと思いながらも、自分は五男であり、父兼家の権勢のおかげで権大納言となっているのだから良しとして権力中枢からはかなり離れた場所に身を置いている。

道隆の不運は生前に定子に皇子誕生がなかったことである。

五年間の権力把握も外戚という頂上に達することなく、道隆は長徳元年（九九五年）四月に病で亡くなる。

道隆の弟道兼と、息子伊周で関白、内覧の地位の争いとなるが、道長にはこの時も自分とは無縁な争いであった。

伊周が関白を熱望したが、一条天皇は道兼に関白を宣旨する。

伊周の失望は大きい。

その頃都に大流行した疫病にかかって、道兼は五月八日に急死し「七日関白」と言われる。

五月十一日に、大納言道長に内覧の宣旨が下される。

一条天皇としては定子の兄伊周と道長のいずれを関白に推すか迷うが、母詮子は弟道長を熱望し、一条天皇は道長に内覧を宣旨する。

伊周はまたしても関白を逃し、以後道長との争いが続くこととなる。

全く思ってもいなかった地位が転がり込んだ道長は本人も驚くが周りも驚く。

道長は、兄道隆が定子を天皇に入内させ、皇子を出産すれば外戚として権勢を奮うことが出来ると渇望した同じ願望を抱くことになる。

定子は父道隆が亡くなって兄伊周や他の後見人が望めなくなったが、一条天皇は溺愛する定子を離さない。

そんな時、伊周が弟の隆家と諮って、女の関係のもつれから、花山法皇に矢を射かけるという事件を起こす（長徳《ちょうとく》の変《へん》）。

伊周は九州大宰権帥《だざいごんのそち》に、隆家は出雲権守に左遷となる。

兄二人の起こした事件の心痛で定子は出家する。

一条天皇は出家した定子を離さず内裏の北側にある職曹司《しきのぞうし》（中宮職の庁舎）に入れる。出家した身であることを憚っての処遇であろうが、世間の目は厳しいものがあった。

この騒ぎの頃、道長は左大臣で内覧の地位である。

左大臣という政務の高位まで昇ると、さらに是非、外戚の地位を手に入れて道隆も成し得なかった全権力を掌握したいとの野望が芽生える。

もしも、道長に外戚を望む地位がもたらされず、権大納言で満足していたら、高級貴族の姫君として相応の公卿と結婚し、安穏なおっとりとした楽しい一生であったであろう女性が道長の長女彰子である。

彰子が十代になる前の九歳の頃に道長を内覧に推した一条天皇の母詮子が、自分の住まいの土御門第を彰子に譲るが、これは彰子が入内した後の里邸に出来るようにとの考えであった。周りはすでに当然のように中宮、妊娠、皇子出産への道筋を立てている。十歳前に彰子の運命は後宮へのエスカレーターに否応なく乗せられていったのだ。

長保元年（九九九年）彰子が十二歳になった時に盛大に裳着《もぎ》の儀が行われ、世間に天皇への入内が間近であることを知らしめる。

彰子にとってはやっと物心つき始めた頃に、男の権力闘争に引き込まれる。

十一月一日彰子は一条天皇に入内する。

十一月七日女御となったその日、定子が一条天皇の第一皇子敦康親王を出産する。

彰子は結婚した時を同じくして、夫の相愛の妻に皇子が生まれるという、なんとも合点のいかない哀しい事実から十二歳の宮廷生活が始まる。

一条天皇二十歳、定子二十三歳であり、一条天皇にしてみれば彰子はあまりにも幼く、後ろ盾が権力者の道長とは言っても彰子の元を訪れることは少ない。

彰子は十二歳にして男女の関係、さらには夫婦の愛情、皇子の出産という難題に身を置き周囲の期待を背負って行くことになる。

道長は彰子の幼いことは重々承知しているが定子に皇子が生まれたことで焦る。

道長は翌年彰子を中宮とし、中宮だった定子を皇后とする。一帝に二后が並び立つという稀な事態となる。

無論出家している定子の産んだ皇子が皇太子や天皇になることは当時としては有り得ないが、それでもとにかく一条天皇の愛情が彰子に向かなければ話は進まない。

道長は学問、文学、芸術好みの天皇に合わせるように、財力、権力に任せて彰子の周りを美術品などで飾り、見栄えのする女房、歌人のセンスある女房などを仕えさせるが、肝心の彰子は地味な性格でおっとりし、二十歳の天皇と男と女の情愛、夫婦間の機微を気の利いた歌でやりとりするにはあまりに幼い。

どんなに幼くても、彰子は頭の良い女君であったから、自分の置かれている状況をひしひしと感じ、道長を始め女房たちから大切にされていればいるほど、自分はどうすべきかという十代前半での支えきれない孤独な悩みの日々であっただろう。

定子は皇子を出産した翌年皇女を出産したが、衰弱して亡くなる。

行き場を失くした定子の皇子を彰子が育てることを受け入れる。何かと定子の明るい性格、一条天皇による愛情の比較などがいやでも周りから耳に入ってきたであろう、言ってみれば敵方の子を手元に引き取って育てるということでまわりの政治の思惑があったにしても、幼くして母を失って後ろ盾も無い親王の行く末を鑑みて引き取るということに彰子の人間としてのバランス感覚の大きさを感じさせる。

彰子が十九歳になった頃、道長が、女房たちの間で人気になり始めている『源氏物語』の作者の紫式部に宮仕えを乞うたことが、彰子の大きな転換期となる。

始めは二人共に人見知りで、地味な性格ゆえにすぐに打ち解けたわけではない。『紫式部日記』に面白い記述がある。

紫式部は宮仕えの女房から「近付きにくく物語を好んで上品ぶって、人を軽蔑して見下しているようだと思っていたけど、お付き合いしてみると穏やかで別人のようね」と言われた、とありさらに

宮の御前《おまへ》も、「いとうちとけては見えじとなむ思ひしかど、人よりけにむつましうなりにたるこそ」と、のたまはするをりをりはべり。

（彰子中宮様も「本当に打ち解けてのお付き合いはできないだろうと思っていたのに、他の人よりずっと親しくなってしまうなんて不思議ね」とたびたびおっしゃる）『紫式部日記』

孤独だった彰子中宮にとっては頼りがいのある姉のような存在になっていく。

紫式部の方も

「中宮様のお心は不足なところは何もなく、利発で、洗練されていて奥ゆかしくていらっしゃる。何ごとにも控えめなご性分」

と常々語っていて主従の関係を超えて互いにリスペクトし合える存在となって行く。

彰子中宮は、学問においても中宮としての教養以上のものを求め、紫式部に漢詩などを習う。

彰子中宮二十一歳、ついに懐妊。一条天皇の第二皇子敦成親王を出産する。

道長の喜びは、本書のプロローグに記したが、十代の前半からの九年の長きを、追い詰められた中でひがまず、屈折せず、己を磨き、亡くなった定子の皇子の面倒までみる、という彰子のメンタルの強さに感動する。

『紫式部日記』の半分近くを、彰子中宮の出産関連の記事が占めているのは、紫式部が、女としての強さを彰子中宮の中に見出したからであり、事実を記す以上に彼女への個人的な称賛があふれている。

皇子を生むことにのみ女の価値を問われることは紫式部には義憤もあったろうが、現在の自分の置かれた状況を受け入れて己には厳しく、他人には大きなやさしさを持つ彰子中宮に、紫式部は
「この中宮に宮仕えして本当によかった」と心の底から思っている。

千年前の宮中で二人三脚で立ち向かい抗えない運命を自分たちの手元へ引き寄せた二人の功績が戦争の無い平穏な平安時代の全盛期を支えた。

彰子中宮は敦成親王出産の翌年に敦良親王を出産し、道長の外戚は盤石なものとなる。

が、三年後に一条天皇の病が悪化して譲位し、三条天皇が即位する。

東宮には一条天皇は定子との第一皇子敦康親王を希望するが、後見がいないことを周囲も危惧し、道長の意向も強く彰子中宮との皇子敦成親王とすることに一条天皇も承諾する。

このことを知った彰子中宮は、道長に物申す。

「道理から言っても第一皇子が東宮でしょう、一条天皇もそうお考えのはず。敦康親王も東宮になると思っていたのに、不憫。敦成親王は幼く、次の機会があります」

自分の皇子に立太子のチャンスが巡って来たことを喜びとはせずに、道理を説く彰子中宮に、

道長は大変に驚いたことだろう。

道長は、天皇が後見のいない立太子は無理と思って決められたことを、今さら順序通りに戻して下さい、などと奏上出来ない、と説得し、さらに自分の元気なうちに若宮が東宮となるのを見届けたいと本音も吐露する。

後宮で何事にもじっと耐えていた彰子中宮が、東宮問題で道長に意見したことは彼女の心の成長が大きい。誰にも文句など言わせない道長に正面から正々堂々と正論を説く彰子中宮のことは、藤原行成《ゆきなり》の『権記《ごんき》』にも記されている。

その年六月、一条天皇は三十二歳の若さで崩御、彰子中宮は二十四歳であった。

親王二人に恵まれ、一条天皇との仲も順調でこれからもっとすばらしい王朝サロンが広がって行きそうな雰囲気であった若い二人には、ことに彰子中宮には残酷な天皇の崩御であった。悲しみを詠んだ歌

見るまゝに露《つゆ》ぞこぼるゝおくれにし心《こゝろ》も知らぬ撫子《なでしこ》の花《はな》

（一条院が亡くなった哀しい私の心も知らず、撫子の花をとって無心に遊ぶ後に残された若

宮を見ると涙がこぼれる）『後拾遺和歌集』

道長の次女で、彰子中宮の妹妍子が三条天皇の中宮となり、彰子中宮は彰子皇太后となる。

一条天皇崩御から一年が経っても彰子皇太后の悲しみは癒えず、紫式部は寄り添って慰めている。

妍子中宮は、華やかな性格でパーティーのような催し事を開催して騒ぐ。そのことを彰子皇太后が苦言を呈することもあった。

実資を彰子皇太后は信頼し、紫式部を介して三者は諸々相談しあっているが、道長は自分に批判的な実資が気に入らず紫式部の取次ぎ役を解任する。

その件をもって紫式部は宮仕えを退出するが、彰子皇太后には大ショックであったろう。

二人の絆は紫式部が宮中を退出しても深く続く。

退出した翌年に、彰子皇太后が病になった時に紫式部は清水寺に参詣し平癒祈禱している。

清水寺にはやはり彰子皇太后の平癒の祈願に詣でた女房の伊勢大輔と出会い、ともに歌を交わして彰子皇太后の平癒を願う。

伊勢大輔は歌集も物している歌人で、一条天皇在位時代の王朝サロンを彩った才媛で紫式部を

慕っていた。二人の詠み交わした歌

心ざし君にかゝぐるともし火の同《おな》じ光《ひかり》にあふがうれしさ

返し

いにしへの契りもうれし君がため同《おな》じ光《ひかり》に影《かげ》を並べて

（心を込めて彰子皇太后様のために掲げる御灯明が、あなたと一緒でうれしい

と詠んだ紫式部に伊勢大輔の返し歌

前世からの因縁でしょうか、彰子皇太后様に一緒にお仕えできて同じ光に二人で影を並べら

れるなんて幸せです）『伊勢大輔集』

後世にまで名の伝わる才女がそろって敬愛の気持ちを抱くほど彰子皇太后には、雅な品位と穏やかな大きさが備わっていた。

道長五十歳の賀は彰子皇太后の主催で盛大に行われ、彼女の存在感は大きい。

翌年三条天皇が譲位、敦成東宮が後一条天皇として即位する。

彰子皇太后は国母となる。次子敦良親王が東宮になる。

後一条天皇九歳、彰子皇太后二十九歳。

道長は長年切望していた外戚の立場を五十一歳にして手に入れ、天皇が幼少のため摂政となる。後一条天皇の元服後、道長の四女威子が入内するがこの時周囲へ気兼ねして言い出しかねていた道長の気持ちを察して、彰子皇太后は何も遠慮することはないと進言し、道長が喜んで威子入内の運びとなった。

道長がこのころから病がちとなっていたことなどを彰子皇太后も斟酌し、父の思いを声にして周囲の思惑を一蹴したのだろう。

道長の理不尽な行動には異をとなえても、父に対する敬意は常に心得ていて気遣いをみせている。

威子立后により、妍子中宮は皇太后に、彰子皇太后は太皇太后《たいこうたいごう》となる。

道長家から三皇后が並び立ち道長が感極まって、先に記したように「望月の歌」を詠んだのである。

帝王の如しと言われた道長は長年の祈願達成で満ち足りたのか、病がちとなり、篤い信仰心をもって「望月の歌」の翌年出家する。長男頼通が関白となるが、頼通は重要なことはすべて道長に報告し、道長は頼通の政治手腕を認めていて二人の間は上手く行っている。

頼通は、姉の彰子太皇太后とも仲がよく、姉の後宮での実力を頼みともしていて何事も相談している。

平安時代後期に成立した歴史物語『大鏡《おおかがみ》』には、彰子太皇太后は「天下第一の母」であるとの記述がある。

「第一の女君は、一条院の御時に、十二にて参らせたまひにて、またの年長保二年庚子二月二十五日、十三にて后に立ちたまひて『中宮《ちゅうぐう》』と申ししほどに、打続き男親王《みこ》二人産み奉りたまへりしこそは、今の帝・東宮におはしますめれ。二所の御母后《ははきさき》、『太皇太后宮』と申して、天下第一の母にておはします

彰子太皇太后が、道長家の摂関政治繁栄への推進力となったと言える。

道長家の順調な生活に影が出始めたのは、道長六十歳の時で、敦良東宮の妃嬉子が皇子を出産後に亡くなったことである。

翌年三十九歳で、彰子太皇太后が出家し、上東門院《じょうとうもんいん》となる。

その翌年には道長の次女妍子皇太后が亡くなる。

道長には子の不幸が続き、気力がなくなり万寿四年六十二歳で薨御する。上東門院四十歳の十二月である。

道長亡きあと、出家しても上東門院のもとには関白頼通、右大臣となった実資などが相談に訪れ、後宮の御目付役となっている。

四十代の終わりには長子後一条天皇が二十九歳の若さで亡くなり、妹の中宮威子が三十八歳で亡くなる。

次子東宮敦良親王が後朱雀《ごすざく》天皇として即位し、上東門院としての立ち位置は変らないが息子に先立たれた悲しみは癒えず、二人の妹までも亡くなり寂しい身辺となる。

弟の頼通、教通には外戚となるための皇子は恵まれず、道長生前のような後宮の賑わいは見られない。

頼通は姉上東門院を摂関政治の象徴として据え、自らの半世紀に及ぶ関白の地位を安泰なものとしている。

上東門院五十代の終わりには次子後朱雀天皇が、三十七歳の若さで亡くなる。

天皇になった二人の息子に先立たれ自分が長生きしていることを恨みがましく思うほどに嘆きが大きい。

後朱雀天皇の親仁《ちかひと》親王が後冷泉《ごれいぜい》天皇として即位。孫である。女院として二人の弟とともに、孫の天皇を支えていくが病がちではあり、道長の宇治の別荘を頼通が寺院に改めた平等院で、亡くなった母倫子の供養をしたりしている。

八十代という当時としては長寿の女院であるが、孫の後冷泉天皇が四十四歳で崩御した時の驚きと悲しみはいかばかりであったろうか。

さらに晩年八十七歳二月の時に二人三脚で摂関政治を引っ張ってきた弟頼通が亡くなる。

これが晩年の痛烈な打撃となって「天下第一の母」上東門院、彰子は八か月後、承保元年十月三日崩御する。

彰子は長命であったため、一条天皇に入内してから白河《しらかわ》天皇まで七代の天皇にまみえている。十代から七十年以上もの長きに亘って平安時代の摂関政治における隆盛期の後宮の女主人は、曽孫《ひまご》白河天皇即位の二年後に崩御している。

白河天皇は天皇の位を幼い堀河《ほりかわ》天皇に譲って、自分は上皇となって、上皇や法皇が天皇に代わって院中で政治を行う院政へと切り替え、道長時代の摂関政治は終焉を遂げる。

彰子は摂関政治の生き証人であり、『源氏物語』を世に広めた当事者でもあり、紫式部の教え子として誇れる女の一生であった。

紫式部・藤原道長の略年譜

紫式部

（生没が詳細不明のため諸説あり、年代決定が難しいものもあるが、本書を読んでいただく折の参照としてあえて年表にした。誤差を感じる方にはご了承いただきたい。）

元号	西暦	年齢	年歴
天延 元	九七三	一	この頃誕生か
天延 三	九七五	三	この頃弟惟規生まれる　この頃母亡くなる
貞元 二	九七七	五	父為時、東宮読書始めの儀に副侍読に侍す
永観 二	九八四	十二	花山天皇即位にて為時式部丞に任ぜられる
寛和 二	九八六	十四	花山天皇退位、為時官職を失う
正暦 五	九九四	二十二	姉亡くなる二十六歳位

長徳二	九九六	二十四	為時、越前守に任ぜられる　父と共に越前へ
長徳三	九九七	二十五	京の宣孝と和歌を詠みかわす
長徳四	九九八	二十六	春越前より帰京、宣孝山城守に任ぜられる 晩秋宣孝と結婚
長保元	九九九	二十七	賢子生まれる
長保二	一〇〇〇	二十八	宣孝の不実を嘆く歌を幾度も本人に送る
長保三	一〇〇一	二十九	春に宣孝亡くなる　秋頃『源氏物語』起筆
寛弘二	一〇〇五	三十三	十二月二十九日　彰子中宮に出仕
寛弘三	一〇〇六	三十四	正月四日頃、宮中退出　里邸から中宮に歌を献じる
寛弘四	一〇〇七	三十五	興福寺の桜の取入れ役を伊勢大輔に譲る
寛弘五	一〇〇八	三十六	『源氏物語』好評、「日本紀の御局」と称される　中宮に楽府を進講　『源氏物語』製本作業進む
寛弘六	一〇〇九	三十七	道長と歌を詠み交わす
寛弘七	一〇一〇	三十八	『紫式部日記』編纂

寛弘 八	一〇一一	三十九	為時越後守に惟規と共に転任するも惟規病死 一条天皇崩御、中宮、女房たち悲涙
長和 元	一〇一二	四十	彰子皇太后になる 実資と彰子皇太后の取次ぎ役を行う
長和 二	一〇一三	四十一	実資度々紫式部の取次ぎで彰子皇太后を訪問 九月紫式部宮廷を退出か？
長和 三	一〇一四	四十二	彰子皇太后の病快復祈願のため清水寺へ参詣、伊勢大輔に出会い共に皇太后への歌を詠む この頃出家、のち死去か

藤原道長

元号	西暦	年齢	年歴
康保 三	九六六	一	藤原兼家の五男として誕生

天元三	九八〇	十五	従五位下になる　母時姫死去
寛和二	九八六	二十一	少納言になる
永延元	九八七	二十二	左大臣源雅信の娘倫子と結婚
永延二	九八八	二十三	権中納言となる　源高明の娘明子と結婚
			長女彰子誕生（母は倫子）
正暦元	九九一	二十六	権大納言になる
正暦三	九九二	二十七	長男頼通生まれる
長徳元	九九五	三十	内覧の宣旨を受ける　右大臣、氏長者になる
長保元	九九九	三十四	彰子、一条天皇に入内　女御の宣旨
長保二	一〇〇〇	三十五	彰子中宮になる
寛弘二	一〇〇五	四十	四十の賀
寛弘四	一〇〇七	四十二	金峯山に詣でる
寛弘五	一〇〇八	四十三	孫誕生＝一条天皇皇子敦成親王、母彰子
寛弘六	一〇〇九	四十四	孫誕生＝一条天皇皇子敦良親王、母彰子

寛弘 七	一〇一〇	四十五	次女妍子、東宮居貞親王妃になる
長和 元	一〇一二	四十七	妍子中宮になる
長和 四	一〇一五	五十	五十の賀を彰子が行う
長和 五	一〇一六	五十一	摂政となり、左大臣を辞す
寛仁 元	一〇一七	五十二	摂政を辞す　太政大臣になる
寛仁 二	一〇一八	五十三	彰子が太皇太后に、妍子が皇太后に、威子が中宮となり一家に三后が並ぶ 「この世をば――」望月の歌を詠う
寛仁 四	一〇二〇	五十五	無量寿院落慶（後の法成寺）
万寿 二	一〇二五	六十	六女嬉子、親仁親王（後冷泉天皇）出産後薨御《こうぎょ》
万寿 三	一〇二六	六十一	長女彰子出家（上東門院）
万寿 四	一〇二七	六十二	次女妍子崩御 十二月四日　道長薨御

参考事項

元号	西暦	関係事跡
安和　二	九六九	安和の変　冷泉天皇譲位、円融天皇即位
天元　三	九八〇	円融天皇皇子懐仁親王（一条天皇）誕生
永観　二	九八四	円融天皇譲位、花山天皇即位
寛和　二	九八六	花山天皇出家、一条天皇即位
正暦　元	九九〇	道隆摂政になる　道隆長女定子、一条天皇に入内、中宮になる
長徳　元	九九五	道隆死去に伴って道兼関白になるも数日後に死去
長徳　二	九九六	長徳の変＝伊周、隆家の従者が花山天皇を射る 定子出家するも再度入内
長保　元	九九九	一条天皇皇子敦康親王誕生（母は定子）
長保　三	一〇〇一	定子崩御
寛弘　二	一〇〇五	内裏消失
寛弘　七	一〇一〇	伊周死去

寛弘　八	一〇一一	一条天皇譲位に伴って三条天皇即位 一条天皇出家の後崩御
長和　五	一〇一六	三条天皇譲位に伴って後一条天皇即位 三条天皇皇子敦明親王、東宮になる
寛仁　二	一〇一八	敦康親王薨去
治安　元	一〇二一	実資右大臣になる
治安　二	一〇二二	無量寿院を法成寺に改める
万寿　四	一〇二七	道長薨御　鳥辺野で葬送、木幡に埋葬

あとがき

令和四年五月、NHKから令和六年の大河ドラマが「光る君へ」紫式部主演と発表があった。『紫式部日記』の寛弘五年（一〇〇八年）の記述に「若紫」や「源氏」の名が見られることを根拠とし、二〇〇八年（平成二十年）が源氏物語が読まれていた頃から千年に当たる年ということで「源氏物語千年紀」の催しが大々的に行われた。それ以来の『源氏物語』に関するビッグニュースである。

翌日に国書刊行会の中川原徹氏より、令和元年に私が著した『光源氏と女君たち　十人十色の終活』のご縁から著作の依頼をいただく。

驚き、果たして一冊書けるかどうか不安であったが、すぐに渋谷の「東急本店」の七階「丸善&ジュンク堂」に行ってみると、すでに『源氏物語』関係の本棚が今までよりも充実していることにちょっとわくわくして平安モードに入り込んでいった。（ちなみに東急本店が令和五年一月に閉店してしまった）。

紫式部、光源氏に藤原道長も登場となると、幅が広すぎると思案したが、平安の王朝サロンに溶け込んだ面白さを書けるかもしれない、と踏み込んでありがたく依頼をお受けした。

令和五年の夏は「過去126年で最も暑い夏」とのことで、酷暑と闘いながらも、平安の夏も暑いだろうなどと思いを馳せ、大変ながらも楽しく完走することができた。

令和六年の大河ドラマをきっかけにまた『源氏物語』の大きなウェーブが起き、幾たびかのブームとなって紫式部、光源氏が話題になるのはうれしい。

本書に、平安時代や『源氏物語』の雰囲気をすてきにイラストにして下さった小島順子氏、前著に続き、表紙の装丁、デザインの真志田桐子氏、出版を勧めて下さった国書刊行会の佐藤今朝夫社長、編集担当の中川原徹氏には本当に感謝しております。

ありがとうございました。

令和五年十一月吉日

石村きみ子

引用文献（原文並びに書き下し文、現代語訳の引用
発行年月日は元号に統一）

『紫式部日記　紫式部集』　山本利達校注　新潮日本古典集成
平成二八年　新潮社
『源氏物語』全五巻　山岸徳平校注　日本古典文学大系
昭和四七年　岩波書店
『大鏡』　石川徹校注　新潮日本古典集成
平成二九年　新潮社
『現代語訳　小右記』　倉本一宏編　5、9
平成二九年、令和五年　吉川弘文館
『伊勢大輔集注釈』　久保木哲夫　私家集注釈叢刊2
平成四年　貴重本刊行会
『後拾遺和歌集』　久保田淳・平田喜信校注　岩波文庫
令和元年　岩波書店

『今昔物語集』池上洵一編　本朝部　中　岩波文庫
平成三〇年　岩波書店
『三条西家本　栄花物語』三条西公正校訂　岩波文庫
平成二六年　岩波書店
藤原道長『御堂関白記』倉本一宏　講談社学術文庫
平成二五年　講談社
『新古今和歌集』上、下　久保田淳校注　新潮日本古典集成
平成三〇年　新潮社

参考資料

『紫式部』今井源衛　平成二九年　吉川弘文館
『紫式部日記』小谷野純一訳・注　笠間文庫

令和二年　笠間書房
『藤原道長』　山中裕　平成二九年　吉川弘文館
『藤原道長の日常生活』　倉本一宏　講談社現代新書
平成二五年　講談社
『藤原道長を創った女たち』　服藤早苗　高松百香編著
令和二年　明石書店
『地図でスッと頭に入る平安時代』　繁田信一監修
令和三年　昭文社
『藤原彰子』　服藤早苗　令和元年　吉川弘文館
『藤原彰子』　朧谷寿　平成三〇年　ミネルヴァ書房
『大日本古記録　御堂関白記』東京大学史料編纂所編纂　昭和五十九年
岩波書店
『新々訳　源氏物語』（巻一～巻十、別巻）　谷崎潤一郎訳
昭和三九～四〇年　中央公論社
『源氏物語』（巻一～巻十）　瀬戸内寂聴訳

平成八～一〇年　講談社
『有職故実』（上、下）　石村貞吉著　嵐義人校訂　講談社学術文庫
昭和六二年　講談社
『週刊　ビジュアル源氏物語』（全九十六号）
平成一四～一五年　デアゴスティーニ・ジャパン
『大摑源氏物語　まろ、ん？」　小泉吉宏　平成二六年　幻冬舎
『源氏物語抄ときがたり』村山リウ（語り部）　紀伊国屋書店
『源氏物語図典』　秋山虔　小町屋昭彦編　平成九年　小学館
『長谷雄草子』　日本の絵巻11　平成六年　中央公論社
『紫式部日記絵詞』　日本の絵巻9　昭和六二年　中央公論社
『服装から見た源氏物語』　近藤富枝　昭和五七年　文化出版局
『光源氏と女君たち　十人十色の終活』　石村きみ子
令和元年　国書刊行会

著者略歴
石村きみ子（いしむら・きみこ）
三重県伊勢市生まれ
國學院大學文学部卒業
文化出版局、講談社編集部にて女性誌、書籍の編集を担当
フリー編集者として『ビジュアル源氏物語』（デアゴスティーニ・ジャパン）の企画、コラムを担当
『有職故実』（講談社学術文庫）の著者で『源氏物語』研究者の石村貞吉は祖父
主な著作として『光源氏と女君たち　十人十色の終活』（国書刊行会、2019）

紫式部《むらさきしきぶ》 愛《あい》の自立《じりつ》
光源氏《ひかるげんじ》・道長《みちなが》を栄光《えいこう》に導《みちび》く

2023年12月15日　初版第1刷発行

著者　石村きみ子
発行者　佐藤今朝夫
発行所　株式会社国書刊行会
〒174-0056　東京都板橋区志村1-13-15
TEL 03（5970）7421　FAX 03(5970)7427
https://www.kokusho.co.jp
印刷　創栄図書印刷株式会社
製本　株式会社ブックアート
装幀　真志田桐子
本文イラスト　小島順子
ISBN 978-4-336-07587-1